笑える
日本語辞典
辞書ではわからないニッポン

讀空氣、探表裏，笑談日本語

解讀曖昧日語
隱藏真意及
文化脈絡的超強辭典

KAGAMI & Co.・著
陳芬芳・譯　王可樂・審訂

審訂序

王可樂／王可樂的日語教室創立者

日語的單字及慣用語是很不容易的，它跟日本人的心理、習性及日本文化等習習相關，日本人自身也很難正確掌握它的意思，這對外國人學習者就更難了，雖然教科書或字典對於詞組都有詳細的解釋，但由於沒有針對語感做解說，因此這些詞組常常無法應用於實際生活中，最常見的就是講了某句話，日本人卻聽不懂，又或者很訝異你為什麼會這樣說。

例如「いい加減」在字典中是「適當」、「適度」的意思，但在日常生活中，日本人卻常以負面的方式使用它，典型的用法有「いい加減なやつ」（不可靠的傢伙）、「試合に負けたのはいい加減な練習をしたから」（比賽會輸掉是因為練習不足的緣故）等，也因此當我們想評價某情況或事物「還可以」時，因為無法掌握語感，所以使用「いい加減」來表示，這聽在日本人的耳裡，就會產生語言的隔閡或異文化間的衝突了。

《讀空氣、探表裏，笑談日本語》是本探討日語語感的書，書中介紹了大量的單字及慣用說法的由來，除了單字表面的意思外，還針對字典上沒提及的單字的「言外之意」做解說，因此內容相當完整，由於作者的例句簡單有趣，解說方式輕鬆詼諧，加上文中不時穿插的圖片，讓這本書變得非常容易閱讀。

儘管部份內容較深入，但透過書中的解說，初學者可以很迅速地學習新單字及用法，對於語感的提升也很有幫助的，而進階的學習者，可以藉由此書做單字認知的再確認，並從書中感受到日語詞組的多樣化，進而發現隱藏在日語字面下的另一種風貌。

譯者序

陳芬芳

閱讀，是一種保險，能取代實際經驗在需要的時候派上用場。

翻閱（翻譯）本書時，曾幾度湧起「原來如此！」，懊悔沒有早日遇到這本書的激動——話說某天不動產管理公司來看天花板漏水問題時，前輩正好電話中而代為引領查看，經一串解釋後包商的結論是：「これが最善策ですね。」不諳事務的咱把包商的結論告知前輩後，卻換來一句：「君に頼んだ僕は悪かった。」

「……哪會按ㄋㄟ？」——翻到「最善策」的內容時，恍然大悟前輩那句「我錯了，不該拜託你的」，原來是暗指咱這老外被場面話給矇騙了。「最善策」，不必然是最上策，得當心這話隱藏了「問題解決可能性很低」的弦外之音。

三十而立才初識日本職場的咱，很慶幸少有因為過去的台灣經驗在日本碰壁的情形，僅偶爾對前輩幹嘛「不直接揪其痛處（伝家の宝刀を抜け！）」，繞來繞去解釋那麼多，對方搞不好還聽不懂說到底是他的錯，感覺日本人真有耐性和美國時間。

放下身段，融入潛規則

實則不然。接到本書的翻譯之後才理解到，縱使每天跟大家擠山手線、隨前輩晚酌修業，自己仍浮在日本社會的「潛規則」之外而不自知，還能在日本職場殘存下來只有一個理由是：同事、廠商和顧客，對咱這莽撞的老外十分包容（可能是因為年紀的關係 XD）。想來真是汗顏，也替自己自恃機智靈巧、險渡商場的無知捏了一把冷汗，小看了這個被誤以為是「有禮無體」、「表裏不一」的大和民族，但其實是因為自己沒有放下身段真正融入「謙遜」、「思い遣り」和「大人の対応」的社會運作本質裡。

以傳家寶刀「伝家の宝刀」來說，是比喻非到緊要關頭不會使出的強力武器，咱只意會到它是快刀斬亂麻的終極手段，而始終不解幾度與廠商過招的前輩究竟何時才肯亮出寶刀。一次下班慣例踅到車站附近巷弄裡的「鳥勇」灌黃湯練肖話之際，忍不住問在場最資深的前輩：「同樣是解決問題，手上握有直接證據不用，花這麼長時間解釋是為什麼？」老前輩果然也很愛磨地從「立場」（見本書p142）解釋起，爾後反問咱：「被人一刀斬斷後路、失去立場的人會如何反應？」——逆ギレしかないだろう。

「惱羞成怒」是我唯一能想出的反擊方式，而這也是問題處理時應極力避免的情況。忽然明白，咱認為最有效率的處理方式在不周全的佈局下可能會引發更多問題，再者刀一出鞘即表示這是最後手段，若沒有把握能完全折服對方，亮刀見血的可能是自己。前輩們謙卑退讓、替對方著想、以成熟態度處世的心法之深，令人驚嘆不已，也為老外眼中不可解的日本人表裏行為提供了入門的註解。

成為貨真價實的「日本通」

作者在本書與網頁上無私地分享了日本人心照不宣的生活秩序與內心規範，提供了日文學習者、商務人士等進階探究日本文化、聽懂弦外之音的捷徑。

吸收本書的知識等於買了一張意外險保單，避免自己因片面理解而出糗，例如「ご提案について前向きに検討させていただきます」，表面回說我們會積極考慮您的提案，其實是消極的回應，不可抱著過大的期望（見本書p110）。內化書中提到的潛規則，讀者還能成為貨真價實的「日本通」，促進商業機會與國際交流（譯者是最大的受惠者之一，感謝各方前輩的指導以及願意發書給敝人的編輯）。

初學者、對日本文化感興趣，或只是來湊熱鬧看大家都在談論哪些日本「曖昧」情事的，也能在出版社用心標註讀音的努力下，輕鬆入門「日語文化進階課程」，看日劇時更能融入劇情，了解日本人下班前為什麼要說「お先に失礼します」，跟老是加班到很晚又有什麼微妙的關係。

後記

作者用略帶戲謔的觀點撰寫是本書的一大特色，在地人看了都會會心一笑，若讀者也能在譯文中獲得同樣的樂趣，便是譯者最大的安慰，亦不負作者和所有協助本書出版人的用心。

推薦語

給日語愛好者的知識寶庫，本書收錄了許多日語慣用說法的來源與使用方式，這幫日語愛好者省了很多時間，可以當成字典來查，也可以當作閒書來讀，最重要的是還有語言表裏的細膩講解。如果你也很愛日語，那這會是你書架上必備的書！

——酒雄／旅遊作家、部落客

「語言」是一個國家的智慧結晶，也是文化意涵的展現。日語某些生活語句無法望文生義，其原因即在此語句所蘊含的文化特質。例如收錄在本辭典中的「判官贔屓」、「一押し」、「魔が差す」等語詞即為代表。本辭典能引領讀者解開這些文字下的文化脈絡，深入日本文化，值得細細閱讀。

——楊錦昌／輔仁大學日文系教授

學日文重要的不是單字、文法，而是藏在每一句話背後的涵義。

日本有所謂的建前（場面話）、本音（真心話）、遠慮、讀空氣，令台灣人感到厭煩的曖昧說話方式，其實是比起直接，日本人更崇尚表面的和諧。即便心裡壓根不這麼想，還是要讓談話的當下維持在彼此都舒適愉快的氣氛才是日本人說話的奧義。

我曾經和一位感情非常好的日本朋友出遊時，一見到面就開玩笑的說他穿的衣服並不適合他。我第一次說時，他滿臉笑容的回應，第二次說時他依然面露笑容，只是將話題轉開，而第三次說時，他突然生氣的說：「我真的不懂為什麼這些話妳非得說這麼多次，妳只是在製造對方的不愉快！」即便我只是開玩笑，即便他從頭到尾都笑容滿面，確實我的話語傷到他了。事後他也耐心告訴我，在說任何話之前，都必須考慮對方的心情，而不是言いたい放題（暢所欲言）。

此書介紹了非常多在日本生活的眉角，都是平常課本上不會教的最實用交際手段。除了基本的交談對話，試著去猜測日本人內心真正的意思，更能感受到日文這個語言的奧妙。祝各位讀者閱讀愉快。

——薛如芳(kaoru)／「強運少女的日本生存日記。」粉絲團版主

當身邊的日本人在講「好笑」的事情，只有自己聽不懂，還真是想笑也笑不出來呀。在日本生活的每一天，在職場在家裡都是和日文的挑戰，但是不深入了解各個語句在不同場合使用的微妙差異，再怎麼在日本生活，再怎麼查字典，都是徒然。本書作者以「好笑」的方式介紹「有趣」的日文，可說是突破學日文瓶頸的妙方！再來就端看自己怎麼活用與實踐在日常生活中了，可別怪我這「老婆心」呀。

——Lulu EYE／東京職場&生活觀察者

自從翻開日文課本第一天開始到現在已經過了七年，就算拿到檢定，也在日本定居工作的我，仍然每天都在學習日文。因為比起單字字面上的含義，日本人心裡真正的想法實在太深不可測。

而那些工作場合會用到的固定敬語，也從來沒有人告訴我為什麼要這樣說那樣做，這個社會就是被套上一套既有公式，出半點差錯就會被勾起來扣分。

翻開這本書後，原本我每天生活日常都會用的單字的來源與意義全都豁然開朗！讓我甚至想向日本同事們現學現賣，因為他們一定十之八九也不知道（笑）。同時，也讓我再度對於「語言」這回事燃起興趣。如果當初日文課本也有讀到這本，或許現在我的日文會更好，又或者在職場上會更如魚得水也說不定（笑）。

——Miho／「東京，不只是留學」粉絲團版主
&《日本人，搞不懂你ㄋㄟ》作者

如何賞閱本書

日本人日常生活裡使用的詞句帶有複雜的語感，是字典裡無法完整表現出來的。日文裡尤其充滿了如果不了解對方的真意或是不能解讀當下的氣氛就無法正確理解的特殊用語。

本書探索那些特殊用語的意思、語源、用途，以親近日本人的心理與文化特色。文中雖然參雜了玩笑的語氣，卻是非常認真而仔細地避免傳達錯誤的訊息，內容「扎實可信」。

這本書的體裁雖然是「辭典」卻無法按字索驥，讀者可以像閱讀一般書籍一樣，從頭或從感興趣的章節開始看起，也可瀏覽目錄或頁尾的索引挑選喜歡的項目閱讀。此外，書裡有些地方附有對本文理解沒什麼幫助的插圖，一開始從那些項目看起也是不錯的選擇。

本書是從作者的公開網頁《笑える国語辞典（http://www.waraerujd.com/）》裡挑選出特別「逗趣」或是切合主題的用語，加以潤飾收錄成冊。

網站裡已經刊出超過三千個看了會莞爾一笑的辭句，歡迎併同欣賞。

中文版說明

為促進讀者理解，本書在解說時保留了一部分的日文內容並加註中文說明。為避免日文漢字和中文字相互混淆，日文漢字會用「」（中式單引號）框起。

CONTENTS

CONTENTS

CONTENTS

第1章

略知日本人與日本文化的用語集

日本正積極地向世界宣揚自己的文化，因為那是日本的驕傲。但是對於以謙遜為重的日本人來說，自己既不擅於誇耀，亦不喜歡驕傲自大的人。有趣的是，日本受到世界注目的文化如浮世繪、宅文化等，正是日本人（尤其是高官貴人）認為不怎麼上得了臺面的庶民熱力文化。

本章抓了幾則跟低調的日本人以及日本文化有關的關鍵字供客官品嚐。

停不了的
謙虛對戰

いやしくも【いやしくも】假使、萬一

「いやしくも」的「いやし」是意指身分地位低、卑賤的「卑し」。「いやしくも」有著雖然出身卑賤（亦即儘管身分不符）跟既然（「かりそめ」有既然也有暫時的意思）的意思。例如：「いやしくも市長の任を預かる私」，是出身卑賤的我既然身為市長，換句話說就是「我知道自己能力不足，承蒙各位認為我有這等才幹而選我當市長，雖然這個職務是一時的，但我會全力以赴」的意思，在謙虛的場面話背後隱藏了非常自豪的情感。

「いやしくも」的漢字寫成「苟も」，但中文裡的苟字似乎沒有日文裡「儘管身分不符」的用法。中文的苟有著輕率（敷衍了事）、馬虎、假設等意思，例如：苟同（隨聲附和）、苟活（昧著良心活著）等。若循著中文的意思來解釋「苟も市長の任を預かる私」，便成了「市長這個職位我是隨便做的」，正好反映出本人的真實心聲。

因為貪婪※所以當議員，
真不好意思。
※雖然這樣說也沒錯，
但沒有人會這麼說。
※「卑しい」也有貪婪的意思。

曖昧【あいまい】曖昧

「曖昧」是用來形容當被稅務人員嚴厲追查「這錢從哪裡來」的時候，個人腦子裡的記憶狀態或是當下脫口而出的回答，介於YES和NO之間的灰色地帶——據說佔去了日本國土過半以上。

「曖」和「昧」這兩個漢字原來都有暗淡、灰暗的意思。中文的曖昧除了用來形容不明確、不確定之外，也有黑暗的意思，引申為詭異、可疑的樣子。日文的「曖昧」在以前也可用來形容可疑的樣子，例如掛著飯店招牌卻經營妓女院就被稱為「曖昧宿」，而今這層意思已被淡化，現在如果提到「曖昧宿」這個詞，大概指的就是像非法民宿一樣的設施吧。

江戸前【えどまえ】江戸風味、江戸式

江戸時代裡稱呼江戸（關東）地區沿海，亦即江戸近海和江戸灣（現在的東京灣）的一部分為「江戸前」。當時從這些沿海地區捕撈的新鮮魚貨就稱作「江戸前の魚」。

關西地區也有掛上「江戸前寿司」門簾營業的店，指的當然不是來自江戸近海（也不需要特意從東京叫貨），而是提供江戸風味壽司的店。「江戸前」可說是關西人對於出身江戸者少有的尊稱，但也有可能是關西人閒麻煩才沒特別弄個「浪花前」什麼的來跟「江戸前」相互較勁。

縁【えん】緣分

牽強附會的原因或關係，尤其用來指結合人與人之間不可思議的力量、像命運一樣的東西。日本有句俗話說：「袖振り合うも多生の縁」，意思是萍水相逢也是前世因緣。想約對方出來又得硬掰個理由說服對方時，這種說法也很方便。

此外，對於探究事情的根源感到麻煩時，也可以用「それも何かの縁」——那也是一種緣分——來總結，適當地結束話題。

遠慮【えんりょ】遠慮、回避、謝絕

漢語的解釋是擔憂或考慮到長遠的事（長久的未來），亦即全面深入思考未來。在這層含義上，日文裡也有「深謀遠慮」的用法，但是單純用「遠慮」兩個字來表達時，則是指經深切思考與對方的關係或場合之後採取避免或停止某種行為的意思，是個很能代表日本人行為模式的用詞。

在「想得遠一點」的這個層面上，還有一個類似的說法叫「思いやり」，意思是關懷、體諒。「思いやり」是盡可能地為未來和對方的心理著想，進而採取自發性的行動。跟「遠慮」比起來「思いやり」顯得正向而積極，但必須注意只能用在為他人著想而採取行動的情況下，不可比照「遠慮」的漢語解釋，說成「思いやりをもって策をめぐらせ、敵を皆殺しにする計画を立てなさい」（出於關懷而策劃將敵人趕盡殺絕的計畫）等。

お変わりありませんか
【おかわりありませんか】近來可好

問候對方起居的應酬話。有著「跟以前比起來可有變化？」的意思，但這個變化指的是不好的變化，若是被問候的人一如往常，通常會回答「相変(あいか)わらずですよ」（還是老樣子）或是「元気(げんき)でやっています」（一切都很好）。有好的變化的時候，被問候的人就會得意洋洋地打開話匣子說其實最近有令人開心的事，這時聽的人雖然嘴上回說：「それはおめでとう」（那可真是恭禧了），臉上卻帶點可惜的表情；反之，如果聽到對方說最近把身體搞壞了又或是生意失敗損失慘重時，就會在露出一副擔憂的表情說：「それはいけませんね」（那可不成）之後又興味濃厚地追問究竟發生了什麼事。人在關心問候對方別來無恙的同時，多少期待著變化的發生，當聽說對方「有不好的變化」時，問候的人會覺得這人比較可愛。

お先に失礼します
【おさきにしつれいします】先走了、先告退了

搶在對方的前面行動時日本人特有的打招呼方式，尤其是在離開辦公室前對那些拖拖拉拉、不知道要留到什麼時候的傢伙們說的話。根據對方的身分，有時也會用「お先」或「お先に」來簡略帶過。

「失礼」是失禮、不禮貌。離開辦公室前說的「お先に失礼します」裡，含有「請原諒我早各位一步回家的失禮行為」的意思。對同事或下屬只講「お先」、「お先に」也沒有問題，但是對上司可得一字不漏、畢恭畢敬地用「お先に失礼します」來打招呼。

不過，既然本人都說失禮了（失礼します）還回家，也難怪對方可能會想順勢回上一句：「既然知道失禮，就別回家呀！」，這也是為什麼日本的上班族每天都要留下來陪無所事事的上司免費加班的原因。日本差不多也該是時候，學學其他國家的上班族爽朗而堂堂正正地道聲「明天見」就回家的習慣。

おじぎ【おじぎ】鞠躬、敬禮

日本人敬禮的行為在歐美電視節目總監的眼裡總是被輕忽，認為只要讓東方臉孔的男星彎個腰、鞠個躬就能詮釋日本人的角色。不過，和其他亞洲民族比起來，日本人敬禮的頻繁度的確高出很多。

有研究者指出，敬禮是一種對對方採取無防備的姿態以表達恭敬順從的行為，通常是在下位者對在上位者行禮。循這層意思來看，西方也有敬禮的行為，除了紳士藉以向淑女表示尊重女性之外，舞台上的演員也經常向觀眾致意。在這些場合裡，被行禮者知道自己處於上位也就無須加以回禮。基於把對方捧在上位可以讓彼此的關係變得更圓滑的心理因素，日本人在社交場合裡經常傾向把上下觀念帶進人際關係裡。在商務場合裡，雙方基於同樣的想法，當有一方行禮時另一方就會回敬表示自己地位較低，然後對方又會回禮……如此一來一返沒有停止的時候，可說是日本人行禮時的特徵。

恐れ入ります【おそれいります】

不敢當、不勝惶恐、不好意思

不好意思，
這裡不可以抽煙
（這下真的讓人害怕了……）

「恐れ入ります」帶有非常害怕的意思，但不是用在撞見阿飄（幽靈）時的招呼，而是對長輩、上司等表達感謝的用詞。在日本這個以謙虛為人際關係運作基礎的社會型態裡，習於把自己的價值設定在比對方還低的位置，當蒙受在上位者的厚意時會用「恐れ入ります」來表達「卑賤的我能承蒙如此厚意，萬分感謝之餘誠感惶恐」。不過，這種惶恐不安的表現並非出自於擔心日後得拿出什麼樣的代價來償還，而是單純震懾於對方的尊嚴與威望顯得不知如何是好。跟「恐れ入ります」相同的還有「まことに恐縮です」，「恐縮」（惶恐、差愧）帶有因害怕而把身體縮在一起的意思。

此外，有事相求於在上位的人時也會先說：「恐れ入りますが」，再表明目的，例如「恐れ入りますが、こちらにお名前をご記入ください」，意思是「不好意思，請在這裡簽名」。也不過是請對方簽個名感覺沒必要如此誠惶誠恐，然而這種誇張、用力抬舉對方的表現是經過算計的，背地是想和對方保持良好的溝通關係。

恩【おん】

恩情

對人提供施捨、恩惠、慈愛等服務的意思。這些服務如同親恩、佛恩，通常是無價，也就是免費的，但如果是基於其他打算而提供，就叫「恩を売る」，也就是賣人情，是要收費的。被出賣的人情雖然是先享受後付款，但多屬高利貸，會讓人陷入長期償債的辛勞之中。在過去的社會風氣裡，恩情這種東西即使跟親恩一樣是免費的，受恩者仍必須將之視為有價，一輩子努力回報。不報恩縱使不至於全身被剝個精光

（比喻失去一切），人際關係卻會因此變得不圓滑，導致社會生活發生障礙。

此外，到處張揚自己對人施捨情義、以恩人自居的，就叫「恩を着せる」。被迫領情的一方往往會因蒙受不相稱的情義而感到幾分困擾，這時乾脆換個想法——反正是免費的——以感謝的心情默許對方自以為了不起的行為，就當自己是對方拿來炫耀的工具（舉例來說就像郵購商品裡的「購買者評價」），總比惱於被迫領情來得心情舒暢一些。

義理【ぎり】情義

情義這種東西是，不遵從也不會被問罪，但不照規矩來又會有礙社會生活的社會規範。

在人際關係上，蒙受恩惠者對施恩者提供具體的服務、物品等以示感謝的行為叫「義理を返す」（還人情）；未能返還恩情而始終抬不起頭來的情況下就會用「あの人には義理があるから」（欠對方人情）來說明。

看到日本人這種情義往來的樣子，美國文化人類學者露絲・潘乃德（Ruth Benedict）指出「義理的施與受跟金錢的借貸關係很像」，償還的時候只要反饋跟恩惠相等程度的服務或物品即可。倘若經過一段時間才還，就會跟金錢借貸一樣產生利息，必須拿更多來還否則就無法獲得精神上的解脫。

因此「義理」影射了其實不想被這種規範所束縛卻又不得不遵從的心情。因結婚所產生的姻親關係，如另一半的父母親、兄弟姐妹，各以「義理の親」、「義理の兄弟」來稱呼，可能也含有無從選擇只能與之往來的意思。

忌憚ない【きたんない】毫無顧慮、毫無保留

「忌憚ない」又作「忌憚のない」。「忌憚」是指忌諱（即禁忌）和顧忌（即顧慮），因此「忌憚のない」是沒有禁忌、無需顧慮的意思。

在會議等場合裡，當主管說「今天拋開所有顧慮，儘管說來聽聽」，要大家率直地表達自己的意見，也就是來個小小的不拘身分禮數的集會「無礼講」時，把這話當真、直言不諱地闡述意見的人，會後可得等著接受上司冷酷無情的對待了。

但最近經常有能幹的下屬評估自己的上司在公司內沒有影響力，認為就算暢所欲言也不會影響到自己的地位。在這種情況下，當主管的在聚餐時若未經細想就開口要大家打開天窗說亮話的話，不僅會招惹謾罵，還會被部屬說：「課長就是這樣，我們課才會一直被冷眼對待，拜託堅強一點～」等，句句話正中要害而被擊沈。沒有自信的主管們可千萬別輕率地做此發言。

謙譲の美徳
【けんじょうのびとく】謙讓的美德

「謙讓」是指凡事以謙虛的態度尊重對方的姿態，跟「謙遜」（請參見下一則）的意思差不多。對於認為謙讓才是優美風範的日本人來說，謙讓的美德是個重要的道德觀念，更是那些野心勃勃、就算把對方踢下也要讓自己往上爬的討人厭傢伙不要臉地力薦他人應該要有的道德觀。

謙遜
【けんそん】謙遜、謙虛

謙遜是低調表現自己的能力、價值，以彰顯對方的能力和價值的人際關係力學。謙遜是一套在日本極度發達的制度，為了將謙遜的姿態用言語表現出來，還特地準備了謙讓語這種配套措施（不由得想說，有必要做到這種程度嗎！）。

原則上，謙遜是相對於自己人（ミウチ），對外人（ヨソの人）應有的態度，就算知道對方的身份地位比自己還低也要先行個禮，用敬語（尊敬對方和謙虛表現自己的語言組合）和對方交談。像公司對公司這樣分屬不同組織的情況下，這種疏遠的關係將持續讓雙方以謙遜的態度相互對待。當兩者愈來愈親近且進一步發展成自己人的關係時，就會從客氣變得熟稔不拘禮節，在上位者對在下位者會表現出親密、狎弄的態度，而在下位者仍不忘保持謙遜並從中學得如何對在上位者撒嬌。在傳統的日本社會裡，懂得對在上位者撒嬌是出世的捷徑。

此外，日本人也有要求他人態度謙遜的傾向，有違此者會被視為是傲慢的傢伙而遭人嫌棄。即使是對於身份地位大到擺出高傲姿態也不為過的人，日本人仍打從心底認為對方應表現得謙虛的樣子，就像名人只要態度謙卑身價就會跟著上漲。在此苦口婆心地奉勸今後想要出名的各位，不忘記保持謙遜的態度。

心ばかり【こころばかり】一點小意思

「心ばかり」是一點小心意的意思。日本人在送禮時會謙虛地說：「心ばかりの品（しな）ですがお納（おさ）めください」，意思是不過是一點小心意請笑納。當送的是不一定能討對方歡心、看起來廉價的東西時，這句話就像一劑預防針，意味著：「這不過是象徵我想送個什麼東西給你的心情，所以請不要對禮物的內容有所抱怨，只要心滿意足地接受這份心意就好。」，可防止對方事後抱怨。

在交付禮物時還有一種更謙虛的說法是「つまらないものですが」，是說這是個不值什麼錢的東西（還請收下）。「つまらない」是無趣的意思。但就算送的可能是真的無法討對方歡心的便宜貨，謙虛也該有個分寸，用這種說法就好像在交付禮物時跟對方說：「給你這東西，你也不會喜歡的。」。英文也有small present for you（給你的小禮物）的講法，可見贈禮時謙遜的表現是世界共通的禮儀，下次別說「つまらない」，改說「心ばかり」至少可以讓人感受到送禮人的用心。

好小氣
哎呀呀，真的是只能聊表心意的地方特產……

こだわり【こだわり】拘泥、講究

廚師講究無益的細節所完成的精心傑作
每一粒米飯都刻上了般若波羅蜜多心經

「こだわり」是固執的意思，最近常常可見於「シェフこだわりの逸品（いっぴん）」等說法，意思是在廚師堅持的理念下端出的珍品，話中要表達的是「這是嚴選素材，幾經錯誤嘗試方能以最棒的調理方式做成的料理」——簡單來說就是力作、精心傑作。日本人在人際關係的處理上有著過去的事就讓它付諸流水，即拋開執著、不受拘泥的豁達傾向，但對於自己的工作和興趣卻又顯得相當固執、堅持。這種固執大多表現在既不受人注目亦不為人讚賞的點上，本人卻一再堅持並為此感到暗自得意（自我滿足）。最適合形容這種性格的說法即為「職人（しょくにん）気質（かたぎ）」。除此之外，還有一種被稱作「オタク」，即御宅族的人種更是集固執於一身。這麼說來，經常成為搞笑諾貝爾獎（Ig Nobel Prizes）——沒什麼用處卻又具獨創性研究的獎項——座上賓不也是日本人的獨到之處嗎？

「こだわり」這個詞在過去似乎很少用到，有著事情受到耽擱、阻礙等負面含義。根據《大言海》的解釋，「こだわり」是由意為少許的「こ」，以及有妨礙、阻礙之意的「障る（さわ）」轉化成的「たわる」兩字所構成※，意思是「受到阻礙而未能持續前進」，具有心被什麼給奪去、關注多餘事物的負面印象。在現代辭典裡，這個負面含義仍被列為「こだわり」的第一說明。近年來這個詞經常用於正面意義的原因，跟日本人重新認知到「對無益（或被認為是無益）的事物仍抱持著熱情、執拗不懈地鑽研的性格，正是催生日本特殊文化的根源」一事有關，也讓「こだわり」理所當然地成為現代受到注目的關鍵詞之一。

※關於「こだわり」的語源也許還有其他說法，但可能是不常用的關係，好像也沒有人做深入的調查。

ごちそうさま【ごちそうさま】
多謝款待

日本人在用餐後會說「ごちそうさま」以感謝對方提供美味的料理。「馳走」是佳肴或款待飲食的意思，在前後各加個「御」和「様」的尊稱以致上最高的謝意和讚美。然而，飯後的「ごちそうさま」做為社交辭令還有一層含意是，慰勞手藝差但自認做得很好而努力的人的辛勞，或是在肚子撐得再也吃不下時（有時是假裝吃飽了而想趕快結束難吃的一餐）暗示對方「到此為止」。在日常對話裡，當對方津津樂道自己和伴侶之間感情要好的無聊話題，或是看見兩人故意表現出感情很好的情況下，也可搬出這套辭令開玩笑地讓對方明白自己再也不想聽到或看到這種事。

こぢんまり【こぢんまり】
（通常指房間或擺飾）小而整潔雅致的

意指小巧地歸納在一處，例如「彼女はこぢんまりしたアパートに住んでいる」等。這句話雖然是說「她住在一間便宜的小公寓裡」，但那個小房間若不具備必要而充足的日常生活用品和家具、整理得乾乾淨淨並適度地擺盆花或藝術品等做為裝飾的話，就不能用「こぢんまり」來形容——當然，垃圾散落一地使得掃地機器人無法動彈的小地方自然稱不上是「こぢんまり」。結論是，「こぢんまり」是用來形容小而整潔雅致，帶有正面評價的措詞。

然而，在某些場合裡「こぢんまり」也帶有負面的含義，除了不適合用來形容自己那嬌小玲瓏的女朋友（是種失禮的講法）之外，勸告一位大男生年輕時不可將自己局限在小地方時也用「若いうちからこぢんまりとまとまってはいけない」來表達。總而言之，「こぢんまり」這個詞同時適用於正、負兩面評價，

需視談論的對象是否合於小巧可愛的價值觀而定。

「こぢんまり」是由「小」和「ちんまり」組成。「小」是詞頭，意為僅少數；「ちんまり」被認為是從縮小、縮減的「つづまり」，或物品堆放得過密沒有空隙的「しじまり（ちぢまり）」而來。一般來說，小或變小的事物會被賦予較低的評價，唯獨在日本，小而巧的事物被認為具有高度價值，成了催生日本獨特文化的源泉。「こぢんまり」便是表達這種日式價值觀的用詞之一。最後，雖然聽起來很囉嗦仍要再度提醒，並不是小就什麼都好，小而缺乏整理顯得雜亂、帶點髒污的房間，絕對不符合日本「こぢんまり」的價值觀。

自粛【じしゅく】自我謹言慎行

「自粛」是指經自我判斷採取消極的行動，在沒有他人請託的情況下自主性地克制言行，可說是日本人行動裡少見的自發行為。然而，事實上即使不是直接來自他人的請託，也是因為感受到周遭無形的壓力而半強制性地被迫採取這樣的行動，說到底果然還是屬被動的行為。除此之外，「自粛」並非自主性地採行什麼行動，而是「不要有所行動」，這也是日本人道地的行為模式之一。

自慢【じまん】自滿、自誇

在別人面前稱讚自己、誇耀跟自己有關的事物就叫「自慢」。在謙遜是種美德的日本，「自慢」被認為是不知廉恥的行為，能在他人面前誇耀的大概只有

「のど」和「お国」，也就是歌喉跟出身地。以歌喉來說，真正歌唱得好的很少自誇，必須等別人褒獎；反而是歌藝差的，勇於在眾人面前拉嗓門，令人感覺可愛也帶動了日本電視台業餘歌唱節目的人氣。以出身來說，對於自己的出身地或公司引以為傲也是常有的事，不過這種情況下通常不是以自己為主角，而是以身為一個地區或團體裡的個人感到驕傲，自誇的程度很低。即便如此，在講述團體或地方的好之前仍要先抬出「手前味噌ですが」（請參考 P27）這樣的藉口（容我自誇一下），聲明此話不是用來自吹自擂，否則當心對方擺張臭臉給看。

「慢」這個字有著自我感覺優越而表現出傲慢的態度或是輕視對方的意思，因此「自慢」這個詞本身帶有負面的含意。中文裡有個類似可用來表達「自慢」的詞是「自誇」，即自我誇耀、誇大褒揚的意思。在日本，在人前褒獎自己的行為被認為應謹慎節制；在中國，自誇雖然不是什麼壞事，過於誇口可會被笑話。「自慢」和「自誇」展現了不同國情，還挺有趣的。

粛粛【しゅくしゅく】

肅靜、嚴肅、謹慎

「粛粛」的「粛」包含了「自粛」的謹言慎行、「粛正」的嚴加整頓和「静粛」莊嚴肅穆的意思。兩字重疊後的「粛粛」則是指寂靜、莊嚴的模樣，例如「雖然各方意見不同，但針對這次的案子且讓我方『粛々と進めさせていただきます』」，意味著「因為是重要事項，今後將秉持嚴肅的態度妥善處理」。不過話中有話，這段發言也等同斬釘截鐵地告訴在場的每一位，我方的做法將是「這個案子不論如何都得強行通過，將完全無視外部的各種嘈雜意見，亦不打算交涉議論，完全依照我方的進度快速完成各種事務流程處理」。

すする【すする】啜飲、吸食

「すする」是發出聲音將麵條、湯汁吸入嘴裡的動作。在日本，吃麵時大聲吸食並不會引人側目，因為一口氣吸上來可將麵條連同沾在麵條上的湯汁一起送入嘴裡。也有人說把麵條和空氣一起吸入咀嚼時，麵條的香氣在嘴裡散開可增加口感等，不過這些說法都是後來才加上的。日本人吃麵時速速叫（發出聲音吸食）的習慣似乎源自以下幾種理由：①日本人有捧著食器吃飯的習慣，喝湯時直接以碗就口；②過去在禪寺內食用醃蘿蔔和麵條時是允許發出聲音的（從「允許」兩字看來，以前在正式場合用餐時，禮儀上仍應保持安靜）；③在江戶時代，性急的江戶人吃蕎麥麵時總是匆匆忙忙地。由此可見，吃麵速速叫是庶民的習慣，並非上流社會的餐桌禮儀。說是習慣，也沒必要故意大聲用力吸得湯汁飛濺四處，或是吸到翻白眼了還硬要將粗的烏龍麵條送進嘴裡（尤其是吃咖哩烏龍麵這種湯汁沾到襯衫後會洗不掉的東西要小心，老婆可會生氣：「都跟你說幾次了，不要用吸的！」）。

據說「すする」是取自喝湯時發出的聲音，真是這樣的話，用「ずずる」感覺好像比較貼近真正吸食的聲音。

粗茶【そちゃ】粗茶

「粗茶」是粗糙的茶，亦即看起來便宜不那麼好喝的茶，又指給客人上的茶——日本人上茶時會客套地說：「粗茶ですが」。真是奇怪，明明就是重要的客人，怎麼可能端上難喝的茶，還事先聲明這是粗茶？對此感到不解的人就是不夠了解日本謙遜的文化。在這種情況下若有人獻茶時指名道姓地說：「這是靜岡產的銘茶」，可會引起客人心中不快，暗譙：「你這傢伙是有多了不起呀！」想要妥善處理這種煩瑣的人際關係，不管端出來的是靜岡銘茶、是普通的茶、還是名副其實的粗茶，都只要說「粗茶ですが」（請用茶）即可。

倒是，近年來有愈來愈多人在聽到「粗茶ですが」時以為奉上的茶肯定很難喝，這種有涵養的客套習俗因而逐漸消失。那麼，最近在端茶敬客的時候都說些什麼？有人會講「いらっしゃいませ」（歡迎光臨）這種完全沒有關係的招呼，也有人會說「どうぞ」用個「請」字曖昧帶過。順帶一提，商務場合裡端出來的茶也是「粗茶」，是「粗末(そまつ)に扱(あつか)われる茶」（簡單沖泡的茶）。

蕎麦【そば】蕎麥麵

蕎麥麵是日本具代表性的麵食之一，因最適合沾江戶時代在關東地區大量生產的重口味醬油食用，而被認定為是江戶人的食物（亦即都會平民的食物）。吃的時候必須在短時間內快速解決，又不能忘記得先把麵深浸到醬汁裡再發出聲音用力吸食等江戶人認為要這樣吃才帥的食用方式，讓蕎麥麵在關西地區的人氣不及烏龍麵。

過去，金匠將蕎麥粉揉成麵團用以黏拾飛散的金粉，讓蕎麥麵成為象徵「吸金」的食物，在除夕夜倒數前或搬家當天慶祝食用。不過這種有點麻煩的典故很快地從人們的記憶中淡去，後人又從蕎麥麵細長的形狀為這習俗添加了其他理由。除夕夜裡吃的「年越し蕎麦」象徵勉強度日也好，只求細水流長、長命百歲；喬遷之喜吃的「引っ越し蕎麦」則象徵了與鄰人之間能長保和平相處的關係。兩種理由均出自於「少也無妨」的觀點，顯露出日本人不過分奢望的性格。過年吃蕎麥麵的習俗一直流傳到現在，也許是因為這樣日本才會有越來越多活到龜齡鶴算的人口。反之，搬家吃蕎麥麵的習慣倒有點退流行，拜其所賜現代人跟鄰居的交情比蕎麥麵還纖細薄弱。

畳【たたみ】榻榻米

說起榻榻米立即讓人聯想到和室，傳統日式房間裡的地板是用榻榻米鋪成，每張大小約長一百八十公分、寬九十公分，多以稻草編織、固定成疊床後於表面鋪上一層燈芯草材質的蓆子，再用布將四邊縫成兼具裝飾與保護作用的疊緣。日本人對外國人介紹榻榻米時把它翻成 tatami mat（榻榻米墊），但是就墊子的功用而言，直接躺在上面睡太硬，比照其他地板材質長期墊在家具下面又顯得太軟——真是不上不下。不過這種特性也有好處是，鋪設榻榻米的房間既可當作吃飯的地方又能當寢室用，對窄小的住家來說可有效利用空間。然而這種全方位用途在傾向明確規劃房間功能、家具也愈來愈多的現代住宅裡反而無用武之地，榻榻米正從日本住家裡逐漸消失。

話雖如此，榻榻米的尺寸在很久以前就幾近統一，日本人只要聽到「四畳半」（四張半，『畳』是榻榻米的量詞）腦中就會立刻浮現房間的大小，即使是和室以外的房間也能用榻榻米的張數表達空間大小。不僅如此，榻榻米的張數還具有讓人聯想住民生活型態的優點——「四畳半」代表了單身男子雜亂的房間；「六畳」是一家四口儉樸的飯廳或是有錢人的兒童房；「八畳」是小康家庭的主臥房、「十四畳」則是房屋建商或不動產業者信心滿滿的推薦給客戶的寬敞客廳等。總而言之，身為地板材質的榻榻米今後可能以做為「物差し」——尺規、衡量標準——的用途流傳下來。

茶の間【ちゃのま】起居室

「茶の間」，照字面翻成英文是 tea room，實際上並非像茶房那般略帶風情的房間，而是起居室（living room）的老派說詞，在前面加個「お」就成了敬語「お茶の間」。

「茶の間」、「お茶の間」尤指昭和時代裡一家人抬出折疊式矮桌（卓袱台，請參考 P26）聚在一起吃飯、看電視享受天倫之樂，有時也拿來充當客廳或寢室的彈性空間。就算兼具客廳、寢室等多種用途，從每天在這裡用餐的例行公事來看，稱之為「食事室」（飯廳）豈不更加貼切？實則不然，「茶の間」從家人聚在一起喝茶聊是非，做些無關緊要的事消磨時光的景象引申為家人團聚的空間，而當時全家圍坐一起的重心是電視，「茶の間」或「お茶の間」更成了電視節目裡的知名藝人用來稱呼電視機前觀眾的所在位置，也就是虛空架設出一個「電視機前有一家人共聚一堂」的空間。由於是不存在於真實世界的空間，即使起居室已隨住宅的西化失去了傳統「茶の間」的感覺，電視的那頭到現在仍延用「お茶の間のみなさん」——閤家收看的觀眾們——這種令人感到空虛的打招呼方式。

卓袱台【ちゃぶだい】矮腳飯桌

「卓袱台」是用於和室的折疊式矮腳飯桌，桌面有圓的也有方形的。

長久以來日本家庭的用餐習慣為各取一份食物在自己的小桌上吃飯，進餐時也保持安靜互不交談。這種形式從明治後期直到大正時期，隨著都市裡上班族家庭的增加和家庭團聚這種虛偽的風俗習慣從西方傳入的關係，為了在鋪設疊疊米的起居室裡上演閤家歡一幕，於是出現了「卓袱台」這種設備。「卓袱台」多是圓的理由可能是仿自中式餐廳裡的圓桌（這點後續會說明），也有一種看法是圓桌代表圍桌而坐的每一位家庭成員都是平等的。

關於「卓袱台」的「ちゃぶ」，有個有力的說法是來自當時中式餐廳裡對餐桌的稱呼是桌袱（zhou-fu）。桌袱本來是指鋪在餐桌上的布，也就是桌巾，之後也用來指餐桌，但在現代中文裡是個陌生的名詞。

通【つう】精通、內行

「通」是動詞「通ずる」——從某個地點到某個地點之間有道路相通的意思——的名詞形態，不單指像銜接兩端的道路一樣可與他人順利溝通的情況或人物，而且經由這樣的溝通通曉世故，更進一步對特定情事深入了解。在江戶時代裡，「通」尤其用來指對花街柳巷瞭若指掌的人與事，在指人的情況下又稱「通人（つうじん）」，即行家。換句話說，近似現代用來形容醉心於某種事物的「マニア」（○○狂）、宅男宅女或權威、專家等意思，在程度上也比「マニア」和宅男宅女來得受人尊敬，卻又不如權威或專家那般擁有助益於社會的專業知識者，就叫「通」或「通人」。

在現代「通」仍用來比喻對某方面資訊很了解的人，新聞解說裡也常出現像「事情通（じじょう）」（消息靈通人士）、「ロシア通」（俄羅斯專家）這樣的稱呼，但「○○通」說到底仍脫離不了「通」的本意，含有「『專家』雖然這麼說，但內容並不怎麼管用，不需要抱太大的期望聽聽就好」的意思。

手ぶら【てぶら】空著手、兩串蕉

「手ぶら」是將兩手垂下、擺晃的樣子，也就是手上沒有拿任何東西，主要用來指兩手空空去拜訪他人。「手ぶら」是個不可思議的用詞，如果把主人「今天是輕鬆小聚，人來就好（手ぶらでおいてください）」的話當真，只提了兩串蕉前去的話，可會遭來背後閒話：「那傢伙還真空手到」。

手前味噌【てまえみそ】自我吹噓、自吹自擂

「手前味噌」原來指的是自家產的味噌，從對自製的味噌感到得意一事引申為自吹自擂。引以自豪、自我推銷的行為在其他國家被視為理所當然，但對於非

常拘謹的日本人來說，為了避免成為別人眼裡過度自信的討人厭傢伙，在誇口前會打聲招呼「手前味噌ですが」，意示對方「對於我接下來要自我吹噓的內容，無需當真，暫且聽一聽就好」。

とんでもない【とんでもない】

出乎意料、不合情理

「とんでもない」是從偏離道理或常情的「途(と)でもない」演變而來，形容無法用常理思考、荒謬絕倫、意想不到的意思，例如：「とんでもない事件(じけん)」是荒謬的事件、「とんでもない高さの建物(たてもの)」是高度出乎意料的建築物等。此外，「とんでもないやつ」（誇張的傢伙）、「とんでもない意見(いけん)」（豈有此理）等說法是強調很差、令人難以接受的意思。至於他人探聽自己「最近聽說發財啦？」的消息時，用「とんでもない」來回答，除了是強調「一毛錢也沒賺到」，還包含了一種「不管實情如何，都不想讓你認為這廝發財了」的情緒。

還有一種用法是，當對方以「わざわざお越(こ)しいただいてありがとうございます」感謝自己特意前來時，也可用「とんでもない」來否定之（要對方千萬別客氣）。這裡的「とんでもない」感覺有點凶悍，好似要說「講什麼感謝有的沒有的」，但其實是要表達：「我並非有其他要務在身還特意抽空前來，而是高興可以前來。」另有一點不可忽略的是，話中還有「對於像我這種微不足道的人還如此客氣，那真是大錯特錯」的意思，以謙虛的態度回敬對方謙遜的言詞。

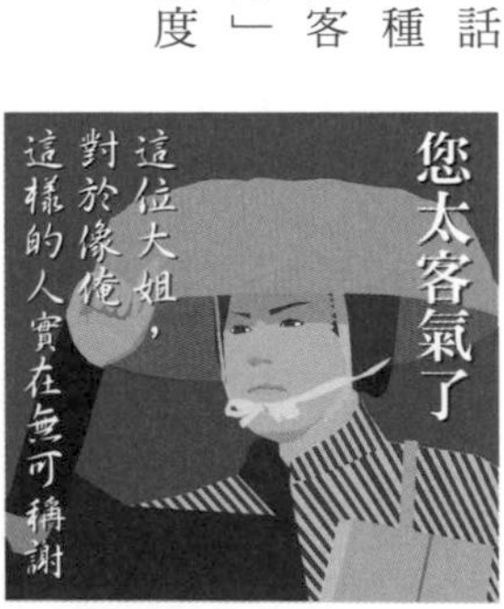

何くれとなく【なにくれとなく】

各方面、多方

「何くれとなく」的「くれ」是用來舉例未經明確指示的不明或不特定人、事、物的代名詞。因此，「何くれとなく」指的是不特定的這個那個，例如：「あの人には何くれとなくめんどうをみてもらっている」是受到對方多方照顧的意思。至於哪些部分受到關照，要具體列舉也行，但這麼一來反而會因負擔過重造成難以償還對方情義的狀況，只好用「何くれとなく」來一言蔽之。另一種完全相反的情況是，其實並沒有受到什麼關照，也就沒什麼好舉例的，「何くれとなく」純粹是奉承的說法。

熨斗【のし】

附在禮物上的裝飾品

「熨斗（のし）」是附在禮品、禮金的外包裝或直接印在其上的謎樣裝飾品。是用正反各為紅、白的色紙折成倒過來的領帶形狀，再於其中插入黃色的紙做成。「熨斗」會伴隨著由紙捻（以紙搓成繩狀的東西）編織成形狀複雜的「水引（みずひき）」（繫在禮品上的紙繩）一起附在包裝上，代表這是滿懷贈禮人心意的禮品。

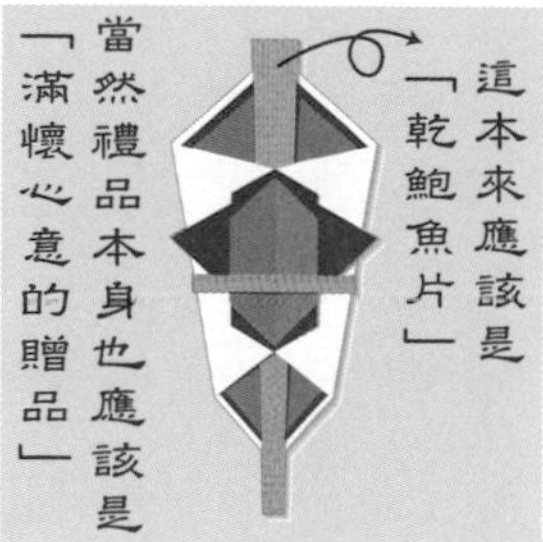
這本來應該是
「乾鮑魚片」
當然禮品本身也應該是
「滿懷心意的贈品」

「のし」是「のしたもの」，指的是用像熨斗一樣的器具推壓、延展成薄片的東西，而現在說的「熨斗」便是來自於將鮑魚切片、壓平、延展開來晒成乾鮑魚片的「熨斗鮑（のしあわび）」。鮑魚象徵長壽，自古以來就是人氣

貢品、禮品。爾後形成一個習慣是，只要是禮品都會在包裝上附上一條乾鮑魚片，代表送禮人滿懷心意贈送象徵吉祥的物品。到後來也許是認為附上乾鮑魚片過於貴重浪費，才會演變成現代以象徵性的東西——亦即貼在紅白色紙之間的黃色長條紙——來取代。此外，據說如果送的是海鮮類食品，因為「熨斗」本身就是象徵海鮮之一的乾鮑魚片，重複的關係也就不另外附在包裝上，但現在是否有還有人遵守這項規矩就不得而知了。

想到過去曾是乾鮑魚片，而今流於形式被印刷品所取代的「熨斗」仍附在中元節、歲暮等日本傳統送禮節日的禮品、祝賀金、賀禮等包裝上，再看到現代人辜且不論送禮人的用心程度為何，才瞄一眼禮品的包裝就不屑一顧地認為「反正又是調味料組合」的情況，不由得讓人覺得傳統送禮習俗本身也成了一種形式化的儀式。

判官贔屓【ほうがんびいき、はんがんびいき】對弱者表示同情

「判官贔屓」是偏袒挑戰強者的弱者、相對於勝利者的敗者，也可指那種心情的狀態。這裡的「判官」並非指法官，而是平安時代末期的武將源義經。源義經在與宿敵平家的戰役中曾立下汗馬功績，卻被兄長源頼朝視為危險分子，最後戰敗而亡。在那之後，源義經便以背運王子成為歷史故事裡的主角搏得人氣。落魄的遭遇讓源義經成了日本人心目中不幸的敗者代表，對於弱者的深情也就說成是「判官贔屓」。

支援弱者的心理或許是出於一種對弱者時而能反敗為勝的期待，但是源義經的故事裡，主角從勝者一轉為寇，一路吃敗戰的不幸讓讀者樂在其中。這也是為什麼在日本連戰連敗的賽馬還能被當成明星對待的原因，除了認同弱者挑戰強者的積極態度，亦不可忽略了一種為對方努力的姿態所感動而衍生出「已經這麼努力了，就算贏不了也沒關係」，像是在守護自己那

不長進的兒子一樣的複雜心情。很可惜的是，現實生活裡我們那不長進的兒子會一直輸的原因是根本不努力所造成的。

禊【みそぎ】祓禊（ㄈㄨˊ ㄒㄧˋ）

「禊」是洗去身上的污垢、淨身的意思，指的是在海邊或清流旁戒浴的宗教行為。近年也用來形容某個政客因醜聞纏身暫時移居他處靜養（避風頭），爾後又綁著白色頭巾，擺出老老實實的表情出馬參選，拜樂天的選民所賜再度當選的情形。這種依附民意（當選）企圖將過去的醜聞一筆勾消的情形就叫「禊が済(す)んだ」。

身に余る【みにあまる】受之有愧、不敢當

當社長稱讚自己的工作態度或業績表現時，可用「身に余るお言葉(ことば)です」來感謝對方「過於抬舉」了，亦即「相對於自己的才幹（身），社長的褒獎過頭了（余る：剩餘）」，是種優雅而謙虛的表現。

「身に余る」這個詞主要用於誇獎、讚美、表揚等抽象的評價，很少用在加薪、獎金等實質的評價上，這是因為純粹口頭上的誇獎、讚揚可以無限誇大以至本人受之有愧（身に余る），換成加薪、獎金的話事實上只能拿到一點點。身為受薪階級，就算心裡旁白：「都『獎』得這麼厲害了還不加薪！」，考慮到未來仍只能謙稱不敢當，這也是我們之所以身為底層人員的原因吶……。

對於褒獎過頭的讚美和少得可憐的加薪，感激之情難以言喻。
感激之情？當然是「難以言喻！」

吝かでない【やぶさかでない】不吝惜

「吝かでない」的「吝か」是吝嗇、惜於付出、猶豫不決的意思，用否定型來表現就是不吝於努力、樂意這麼做的意思。例如，「御社(おんしゃ)の再建(さいけん)にあたって協力(きょうりょく)するに吝かでない」是不吝於協助貴公司重建、「あなたの努力(どりょく)を認(みと)めることに吝かでない」是不吝於承認對方的努力。可是如果真是樂意幫忙、欣然承認對方的努力，就應該直截了當地說：「全面的(ぜんめんてき)に協力(きょうりょく)します」（願意全力協助）或「喜(よろこ)んで認めます」（欣然賞識）。特意把意味著惜於拿出、遲疑不定的「吝か」放在說詞裡，是為了讓對方察覺話中的真意——這不過是場面話，內心其實是吝於這麼做的。

對有困難的人伸出援手時，日本人會用「吝かでない」不吝惜、「微力(びりょく)ながら」盡微薄之力和「陰(かげ)ながら」暗地裡等，聽起來不是那麼積極助人的言詞，但這也可以解釋成是善積陰德——不在人前誇示自己的善行——的美學代言方式。總之，說自己能做的不多卻又竭盡全力的作為，在日本人看來是很帥的。

第2章

慣用語和刻板表現選集

街上常可聽到的慣用語、刻板的說法，仔細想想其實漏洞百出。

例如，「生きがいい」是形容新鮮，但魚明明就已經死了哪還活著（生き）！既然是請人出借主意（お知恵を拝借），事後記得還哦！叫人「行間を読め」，從字句裡領會含意的意思是寫得不夠清楚囉？「いいセンいってる」，明明就誇獎人到位了（程度不差）結果還是不及格！嘴裡稱說這是吃不膩的味道（飽きが来ない味だよ），可也沒想過要吃到覺得膩呀！

請鑑賞日本相聲（漫才）裡滑稽搞笑的裝傻角色為觀眾獻上的詞選集。

雖然無濟於事，
但至少盡力了

阿吽の呼吸【あうんのこきゅう】有默契

「阿吽の呼吸」的「阿吽」是梵語裡第一和最後一個字母用漢字表音的結果，正好日語的五十音也起於「あ」止於「ん」，真是有默契。但這並非巧合，據說日語的五十音排列其實是受到研究梵語學問的影響（也就是仿冒梵語的排列法）。

「阿吽」一般也用來指萬物的起始和結束，在盛行使用難解的文字和圖畫的密教裡，「阿吽」代表了宇宙的源起和歸著點這等重大的涵義。此外，從發音時「阿」的張口、「吽」的閉嘴動作裡「阿吽」又代表吐氣和吸氣，「阿吽の呼吸」便由此延伸出「息(いき)が合(あ)う」，即雙方共事時的步調與心境合而為一的意思。

立在寺院山門兩側的仁王像或是神社前的狛犬石像，左右嘴巴一張一闔便是象徵「阿吽の呼吸」，互有默契地看守院內（在守衛的工作上他們其實比膽小的狗還沒用……）

飽きが来ない【あきがこない】

不厭、不膩

「飽きが来ない」是厭煩不會臨頭，也就是永遠不會感到煩膩。相對於讓人掀起一時狂熱又即刻退燒的東西，「飽きが来ない」是用在具有魅力、始終為人所愛的藝術品、音樂、食物等。不過，能讓人不管在什麼時候都喜歡而不至感到厭煩的東西，有時也可說是一開始就不是那麼愛的東西，因此面對無法深度感受其魅力、不那麼喜歡，卻又不得不稱讚幾句的東西時，經常用「飽きが来ないお味（あじ）ですね」等來表達「這真是不會讓人覺得膩（的味道）耶」。

揚げ足を取る【あげあしをとる】

抓把柄、找麻煩

「揚げ足を取る」是指在他人舉起一腳的瞬間抓著那腳意圖將對方推倒的行為，用來比喻在競爭對手犯了一點疏失的時候嚴厲追討責任，利用糾纏不休與執拗的攻擊，設法讓對方退場的行為。這種脫離競爭本質的行為，原本被看成不過是弱者無濟於事的抵抗，但現在以這種卑劣的手段為樂，加入眾人群起攻訐的同夥愈來愈多的關係，「揚げ足を取る」成了政客用來排擠掉對手的有效攻擊手法。

合わせる顔がない【あわせるかおがない】

沒臉見人

「合わせる顔がない」又作「合わす顔がない」，意思是拿不出臉來見對方。但這句話並非用來形容男朋友已經來到樓下卻還沒上好妝，只好慌慌張張地朝對講機大喊「ちょっと待ってて」要人等等，因為還素著一張臉不能見人的情形。「合わせる顔がない」是用在因為借錢沒還又或對人做了什麼失禮的事等，而羞於見那人、沒臉去會面、無法看著那人說話的情況。

言い掛かりを付ける【いいがかりをつける】找碴

「言い掛かりを付ける」的「言い掛かり」是找藉口跟對方搭關係（故意找人麻煩）的意思，從這裡延伸出來的「言い掛かりを付ける」是指，為了將對方打個半死得找個適當的理由來跟當事人說明的行為。

「言い掛かりを付ける」跟「因縁を付ける」（請參考P39）的意思幾乎相同，但後者是邏輯性地向對方說明自己的行動是起因於對方的行為或態度；跟「因縁を付ける」比起來，「言い掛かりを付ける」有著憑藉不是什麼理由的理由，積極主動地跟對方建立關係的意思。

舉例而言，如果說用「你這傢伙是想給俺一記拳頭吃吧」這種以對方的動作為理由找碴的是「因縁を付ける」，那麼「俺就是看不慣你的長相」這種拿個人喜好威脅對方的，豈不應該算是「言い掛かりを付ける」？

いいセンいってる【いいせんいってる】（俗）差不多、差點就合格了

「いいセン」是「好い線」，達到一定的水平、程度不差的意思。

「いいセンいってる」是用來稱讚對方已滿足相當程度的條件與要求，例如試鏡的時候評審說：「きみの歌はなかなかいいセンいってるね」，是稱讚參加者歌唱實力很好，但整句話的意思卻是：「雖然有一定的程度，但是很抱歉仍然不及格。」

怒り心頭に発する【いかりしんとうにはっする】怒火燒心

「怒り心頭に発する」是滿腔怒火湧上心頭的意思，又可簡稱為「怒り心頭」。

這裡的「心頭」並非指「心」跟「頭」，而是跟中文的心頭一樣是心的意思，頭字則是接在名詞、動詞

等後面變成名詞的字尾，如：石頭、木頭——既不是「像石頭一樣頑固的頭」，也不是《木偶奇遇記》裡皮諾丘那顆「用木材做成的頭」，而是單純的「石」跟「木」。下次看到「怒り心頭に発する」時，可別誤會成怒火燒心又燒頭，怒火是從心中燒上來的。

以前的人認為「怒り」（怒氣）就像個跑者，從心開始起跑（心に発し）直上終點的頭部，也就是「頭に来る」，腦火的意思。所以說氣過頭的時候，頭上會發熱冒煙（頭から湯気を立てる）、腦充血（鶏冠に来る——雖然人的頭上不會長出雞冠），甚至是怒髮衝冠（怒髪天を衝く），氣得讓毛髮豎立把帽子都給衝上天了。

生きがいい【いきがいい】新鮮

「生きがいい」是用來形容東西跟活的一樣新鮮，例如看到今天進的魚貨感覺格外新鮮時可說：「きょう仕入れた魚は一段と生きがいいね」等。

由此可見，「生きがいい」是用來指已經死掉的東西……

一日の長【いちじつのちょう】一日之長、略勝一籌

一日之長（ㄓㄤˇ）可不是指擔任一天的警察署長，而是指年齡比別人稍長，從中引申為知識、技術較他人略勝一籌的意思。

這句話含有「わずかな差」——比較厲害但差距不大，只那麼一點點——的意思，為大部分略遜一籌的小輩們帶來希望，但他們終究沒能察覺到這個差距的背後代表的是經驗和努力的累積，以至於永遠只能當個遜咖。

一矢を報いる【いっしをむくいる】

（對敵人）予以反擊、（向辯論的對方）反駁

面對敵人的攻擊射出一箭做為反擊。意思是，面臨對方壓倒性的攻擊或指責時，即使能力微薄仍予以反擊、辯駁，可用在比數為十二比〇的棒球賽中，輸的一方仍在最後一局奪回一分的情況。用言詞來冷靜說明的話，這等同於「焼け石に水」——無濟於事——的行為，但同樣的情況若發生在高中棒球比賽中，就會得到眾人「よく頑張った」（實在很努力）、「次につながる」（可為下一次累積經驗）等莫名其妙的讚賞，成為一場令人感動的演出。

然而，試想戰國時代裡對敵人返射一箭的真實場景，腦中會浮現大軍當前眾寡懸殊之下只能敗走的軍隊裡，一名武將旋馬單騎深入敵陣射傷敵將的戲劇化場面。這名敗軍之將的最後一擊不僅得到敵方的讚賞成為傳說，對赴死的本人而言也把此舉做為生命之花散落前送給自己的終極禮物，光榮死去。

因縁を付ける【いんねんをつける】找碴

「因縁を付ける」的「因縁」同中文的因緣，是佛教用語，指原因、緣由。佛教認為萬象皆因緣，世界所有的一切都受到因緣的支配不斷生滅變異。不過凡人的我們用「因縁を付ける」的時候，是指可怕的大哥要踹扁人之前跟當事人說明原因的行為——因為你剛才用不屑的表情看了我幾秒鐘！

所以，「因縁を付ける」是用荒謬的理由來威脅對方的行為，而佛教也用「之所以在這輩子轉世為畜生替人做牛做馬是因為上輩子行惡得來」這種荒誕不經的理由來解釋因緣，由此看來凡人的我們在這句話的用法上並沒有太大的錯誤。

裏を取る【うらをとる】對證查實

「裏を取る」是警察和新聞媒體的用語，指透過別的資訊來源查證手上的情報或證詞等真假，是「裏付(うらづ)けを取る」的略詞。近年網路上不可靠的資訊泛濫，突顯了對證查實的重要性，但查證的根據又來自網路的關係，因而必須「裏の裏を取る」、「裏の裏の裏を取る」、「裏の裏の裏の裏を取る」，不斷地找其他證據多重查證。

上前を撥ねる【うわまえをはねる】抽頭、抽佣金

從交付給某人的薪資、貨款裡收取部分金額做為自己的酬勞，即抽成（ピンはねする）的意思。例如，分發派遣人力的A公司以手續費的名義從應支付給現場工作人員的薪資裡抽成、找A公司來做案子的B公司也對A公司抽成手續費、找來A的B又被找它來的C公司抽成手續費……等，這就是常見的抽佣金制度。

「上前」是從「上米（うわまい）」轉變而來的。「上米」原指每年供奉給寺院神社的稻米，在江戶時代成了對稻米等運送物資所課徵的通行稅，之後「上米」便成了仲介業者抽成手續費的意思。當企業把案子丟出來的時候，包下整個案子的廠商把案子整個丟給下一手並從貨款裡抽成手續費、下一手又把案子整個丟給下下一手並從貨款裡抽成手續費、下下一手再丟案子給下下下一手……由於這種令人感到厭煩的體系仍健在的關係，「上前を撥ねる」到現在還是很有人氣的慣用語。

顔が利く【かおがきく】吃得開

「顔が利く」是倚仗信用或權力，即使做出幾分無理的要求也能行得通的意思。這種臉部的政治高壓攻勢（power play），好比抿嘴一笑給校長點個頭就能讓熟人的混蛋兒子免試入學那樣，面子大而吃得開。

片棒を担ぐ【かたぼうをかつぐ】助紂為虐

「片棒を担ぐ」是指負責抬起由兩人扛抬的轎子或網籃的一邊，引申為參與計畫，而該計畫基本上以壞事為主。類似的還有：「先棒（さきぼう）を担ぐ」是指前轎，指供人差遣作惡的嘍囉；「後棒（あとぼう）を担ぐ」是指後轎，指幫助或被迫協助主犯的從犯。比較起來，只說抬轎子其中一邊的「片棒を担ぐ」，可選擇要擔任哪個的角色，含有以較為對等的立場參與計畫的意味。簡單來說，當人嘍囉或從犯的，事成之後只能拿到跟工讀金差不多的報酬，但是「片棒を担ぐ」的情況下則能分到一半，至少也有40％左右（註：報酬的多寡因人而異）。

這次由這位仁兄
幫忙抬轎子的一邊
如果只是比照一般待遇的話，
可不會輕易放過你哦

行間を読む【ぎょうかんをよむ】

領會字裡行間的含意

拜託，我又不是為了閱讀
文章裡行與行之間
沒寫到的部分才來看的
真是讓人
生氣的文章

「行間を読む」意指閱讀文章中未寫出的部分，從中領會作者言不盡意（沒寫完整）的主張和心情。也就是說，這是不知何故接觸到某篇作者無法透過文字言盡其意的文章時，讀者不得已只好自行把書不盡言之處領略出來的工作。

然而，看到必須借助讀者之力從短簡的文字（寫在短冊上的俳句甚至只有一行）裡領略意境的和歌、俳句等傑出日本文學領域，讓人覺得藉由讀者的參與始能形成一個完整文學世界的「行間を読む」也未必全然無用。

下衆の勘繰り【げすのかんぐり】

卑鄙的人多疑心

「下衆の勘繰り」的「下衆」是位在下層的人，有品性卑劣的傢伙、下流的傢伙的意思。「勘繰り」是想東想西、猜疑的意思，主要指不懷好意地胡亂猜測他人的行動。

「下衆の勘繰り」便是卑劣的人以下流的想法看待他人的行為，認為背後有著卑鄙的動機和齷齪的目的。例如，看到幫助弱勢的知名慈善家便認為那人是想獲得好名聲、看到形象清廉的政治家就猜想那人背地裡肯定幹著非法勾當等，用自己的想法來推斷如果是我的話就會這麼做、這麼想，而這種卑劣的想法往往說到了重點。

後塵を拝する【こうじんをはいする】望塵而拜、位居下風

「後塵を拝する」的「後塵」是馬車等駛過後揚起的塵土。「拝する」是「受ける」的謙讓語，即感恩拜受的意思。飛揚的塵土自然不是什麼貴重到要拜受的東西，卻是本句的重點。「後塵を拝する」典出《晉書》，如字義般用望塵而拜※——即使是權貴顯要的馬車所揚起的塵土也諂媚叩拜——來比喻圍著權力者逢迎獻媚的傢伙。

但現在這句話多指「落於人後、被後來的追上」的意思。這種情況下領先在前的，並非可敬可畏而是令人羨慕嫉妒的對象，這麼一來「後塵を拝する」正好成了輕易就讓競爭對手超前的蠢蛋望、塵、而、拜的自虐性說詞。（蠢蛋？對，就是「間抜けなやつ」，像『我』這樣的傢伙。歹勢啦，不要理我！）

※《教育部重編國語辭典修訂本》望塵而拜：晉朝潘岳、石崇等人趨炎附勢，望見權貴賈謐來車揚起的灰塵，即行叩拜。典出《晉書．卷五五．潘岳傳》。後形容趨炎附勢，阿諛諂媚的神態。

可以拜受
如此可貴的後塵，
是何等幸福的事
後塵袋

糊口を凌ぐ【ここうをしのぐ】

勉強維持生活

「糊口を凌ぐ」的意思是過著勉強能填飽肚子的貧窮生活。按日語文法直接讀漢文的話，「糊口」是「口(くち)を糊(のり)する」在嘴巴塗漿糊的意思，但不是指用黏著劑把嘴巴封起來忍住食欲（雖然這樣解釋感覺也行得通）。「糊」是指粥，「糊口」是喝粥的意思。粥是用炊過的米或雜糧加水煮成，飯吸水後看起來分量增多，可滿足哇哇哭喊肚子餓的小孩以節省米穀的用量。像這樣經常飲粥果腹，艱難地度過每一天就成了「糊口を凌ぐ」。為什麼用「糊」來表示粥呢？（按素人的推理）因為以前的人是用飯粒和水調成的粥狀物做成黏貼紙張等用途的黏著劑。果然把「糊口を凌ぐ」解釋成用漿糊把討食的嘴巴封起來，好像也不無道理。

把嘴巴封起忍住食欲的強力黏著劑
強力瞬間黏著劑
BAKAPITA
可完封透露不滿的嘴巴，一句抱怨也不漏

御多分に漏れず【ごたぶんにもれず】

不例外

「御多分に漏れず」的「多分」是大量、大部分的意思，但是在這裡是指世間的大多數，即一般社會大眾。「御多分に漏れず」就是跟一般社會大眾相同、沒有例外的意思。有個跟「多分」同音異義的詞叫「多聞(たぶん)」，意思為博學多聞或是很多人都已聽聞的事。有人把「多分」誤解成「多聞」而將「御多分に漏れず」理解成「就像世人都在傳聞的」，要特別注意這是錯的。例如，「御多分に漏れず、うちの会社(かいしゃ)もつぶれそうです」的意思是，「現在景氣不好很多企業都破產，我們公司也很危險」，而非「就像大家都在傳聞的，我們公司好像也要倒了」——雖然實際上兩種都能代表公司現在的狀況。

サバを読む【さばをよむ】（查數時）打馬虎眼

這句話有諸多典故，其一是魚市裡買賣青花魚（サバ）時不會逐一清點數目而是抓個大概，因此在數字上打馬虎眼就成了「サバを読む」，謊報數字的意思。最具代表性的例子便是，當一個三十二歲的女人謊稱自己只有二十八歲的情況。從典故也可看出「サバを読む」的重點在於，謊報的數字誤差程度必須要是可隱瞞過對方的，因此當一個四十二歲的女人聲稱自己只有二十八歲時，就叫「法螺を吹く」——吹牛。

白羽の矢が立つ【しらはのやがたつ】在許多人中被選中。被指定為犧牲者。

「白羽の矢が立つ」是指從多數之中選中特定人物，出於古時候被選中必須派出一人做為人牲（祭祀神靈的活人供品）的家門前會被射上一支白色羽箭的日本民間傳說，而有被指定為犧牲者的含意，多用在「雖是重要的工作但失敗的可能性很高，那就找個即使失敗遭處置也不致造成影響的傢伙來做吧」這種，對當事人來說既不值得慶幸亦沒有好處的情況。

但是近年，用來指從眾人之中選拔最優秀人才，亦即具有提拔含意的情況也愈來愈多。即便如此，在眾人之中被選中的你，不管身邊的人是如何極力誇獎都不可得意忘形，最好先問問同伴：「這該不會是要找犧牲者吧？」，弄清本意。

知る人ぞ知る【しるひとぞしる】只有知曉內情的人才知道

「知る人ぞ知る」是知道的人才知道的意思，聽起來很理所當然，但是「知る人ぞ」的「知る」應解釋成「知曉某個領域裡的各種知識與情報」，因此「知る人ぞ知る」就成了「在專家或消息靈通的人之間都知曉」的意思，例如：「知る人ぞ知る陰の実力者」是只有知曉內情的人才知道的幕後影響力人物，也就是幾乎沒人知道其存在的意思。

雀の涙【すずめのなみだ】少得可憐

嗚～嗚～，你這不是叫我哭嗎？
麻雀的眼淚

說是麻雀的眼淚，倒也不是指麻雀因為聽到了什麼而感動到熱淚盈眶，「雀の涙」的重點在於眼淚的量，比喻非常少的意思。像我們這樣貧窮人家領的薪水正好可以用「雀の涙ほどだよ」來表示，而這等窮人就算把少得可憐的積蓄全拿去買地，也只能買到跟貓額頭（猫の額※）一樣大小的土地。

※「猫の額」：比喻面積狹小。

隅に置けない【すみにおけない】不可小覷

真有種，竟敢把大爺擺在角落
不能放在角落的傢伙也無法置於中間（因為不想這麼做……）

「隅に置けない」是不可放在房間不起眼的角落，也就是不可小看的意思，用來評論現在雖然還未受到肯定但擁有意外的才能、本領，具未來性的人。然而若是因為不可小看就把這人從角落移到房裡正中間供著的話，這種人往往會變得礙眼、令人感到不快。再者，這種人如果不識相地朝房間中央的位置移動的話，又會遭旁人嫉妒，被認為是「しゃしゃり出てきやがった」想出風頭。到底是該放角落還是擺中間，這之間的分寸真是難以拿捏。

たしなむ程度【たしなむていど】還算喜歡

「たしなむ程度」的「たしなむ」是指有技藝方面的素養，如：「茶道(さどう)をたしなむ」是懂得茶道，也有因喜好而親近的意思，譬如：「私の祖母(そぼ)はマージャンをたしなむ」是我的祖母喜歡打麻將。「たしなむ」以漢字表示的話，是取「嗜好品(しこうひん)」（嗜好品，例如香煙、咖啡等習慣性吸食、飲用的東西）的「嗜」字，寫成「嗜む」。

「酒(さけ)をたしなむ」是因喜歡而經常飲酒的意思，但含有不過是出於品味杯中物或享受品酒的氣氛，不至於喝得酩酊大醉或喝成酒精中毒的意思。同樣地，用「たしなむ程度」來示意飲酒方式、酒量時，也表示喜歡喝一杯但喝不多（喝不了那麼多）的意思。總之，當被問及「お酒は強(つよ)いの？」的時候，年輕的姑娘多半會用「たしなむ程度です」來謊稱酒量。

實際上，真是止於享受、「たしなむ程度」的女生，被問到是不是很會喝時，都會誠實地回答No——「飲(の)めません」。反而是嘴角揚起一抹無敵的微笑，無意間說出「たしなむ程度です」的女性，請喝酒的男性心裡也有數對方是個「底なし」沒有底的酒后，自然會掂掂口袋裡的銀兩，來瓶便宜的燒酒。

知恵を借りる【ちえをかりる】
請對方幫忙出個主意

「知恵を借りる」的意思是懇請他人指點好的想法、做法。由於請教的對方是個比自己學識還要豐富、專門領域裡的優秀人才，因此在討教的時候得用謙讓語的「お知恵を拝借(はいしゃく)」。

像這樣謙虛地提出協助的請求，甚至用「借りる」一詞來「借助」他人的智慧，想來對方該有償還（返す，かえす）的打算，不料在日本，創意和專業知識等難以用金錢來衡量的無形資產，大多像劉備借荊州一樣有借無還，或是被「借」足先登（先借先贏的意思）。

那些嘴裡說著「お知恵を拝借」靠近你的傢伙們，很可能一開始就打算賴帳，可千萬別聽信恭維，輕易地提供點子或專業知識。

付けが回ってくる【つけがまわってくる】出來混總是要還的

「付け」是賒欠、帳單的意思，「付けが回ってくる」是帳單轉來轉去最後回到自己身上，也就是最後仍得付出代價的意思。好比大吃大喝一頓（喻工作過於操勞、幹壞事等）之後，不付錢就拍拍屁股就走人（暫時仍可像平常一樣持續工作，或逃過罪行），但天下沒有白吃的午餐，最後還是會收到帳單（把身體搞壞、被逮捕）。一句簡短的慣用語裡濃縮了悲劇情節的發展，可謂含意深遠。

つぶしが効く【つぶしがきく】
（某人）多才多藝、到哪都餓不死

「つぶし」是將金屬製品或金、銀貨幣等回爐熔成原金屬材質的意思。「つぶしが効く」是指即使把用金、銀等貴重金屬做成的製品、貨幣等回爐還原成金塊、銀塊，再加以變賣或改製成其他產品販售時仍能保值的意思，用來比喻擁有多方面技能的人即使離職去別的公司或轉行幹其他的事也能大展身手。譬如一個擅於詐欺的人，縱使本來所屬的電話詐騙集團被取締了，仍可朝電子郵購、多層次傳銷的行業或政界、宗教界等發展，到處都有伸展長才的機會。

出来レース【できれーす】

（結果）已經事先講好的

「出来レース」是結果已經事先說好的競爭、競賽，亦即表面看來較勁地很認真，但勝負已在事前的談和或彼此的意思試探中決定好了。若比賽中涉及集團簽賭就成了「八百長（やおちょう）」，但「出来レース」多用來指不需要勉強取勝，或是出自於誰贏了都不會損及雙方利益的微妙人際關係計算下而舉行的比賽。因此，不過是檯面上持反對意見的在野黨，和（了解到這點而）做出些許讓步為對方政黨保留面子以達成決議的執政黨所共同主持的國會審議，被說成是最典型的「出来レース」。

鳴かず飛ばず【なかずとばず】

沒沒無聞、銷聲匿跡

「鳴かず飛ばず」是用不會叫也不會飛的鳥來比喻闖不出名氣的藝人。其典故來自《史記》裡的一則故事，在西元前七世紀左右，一位臣子用隱語「三年不飛又不鳴，不知此鳥何也？」來諷諫沈淪於淫樂而荒廢國政的君主。故事裡的「鳴かず飛ばず」是說這隻鳥本來有著好聽的叫聲，也能在空中飛翔，但不知是因為沒有好的機會還是因為不想動才變得不啼也不飛，不適合用來比喻多數在本質上像個駝鳥一樣既不會叫也不會飛的藝人。

名乗りを上げる【なのりをあげる】

大聲自報姓名、提名為候選人

「名乗りを上げる」意思是大聲報告自己的姓名，是指過去在戰場上開戰前武士向敵方自我介紹的行為，現在在表明參選或參加體育競賽時也會用到這個

慣用語，例如：「○○が衆院選に名乗りを上げた」是某某人表明參選眾議員的意思。說是大聲自我介紹，現代的「名乗りを上げる」可不會提高嗓門像武士那樣大喊：「やあやあ遠からん者は音にも聞け」，要遠在那頭的也給聽好了「我某某某，要來參選眾議員」（如此大聲嚷嚷的恐怕會落選吧）。

「名乗りを上げる」的行為，在近代戰爭的眼裡反映出來的是安逸而顯得不可思議的習慣，但是對當時的敵我雙方而言卻是必要的。古代戰場不像現代體育體競賽場裡有主持人或是球場ＤＪ可代為唱名，只能自己報上大名，這樣在戰後整理報告時才能寫出交戰的對手是誰，明示自己的功績以得到適當的獎賞（雖然對戰死的那方來說顯然是種損失）。在開戰前已是萬分緊張的情況下還得自我介紹，固然是一件辛苦的事，把事前介紹的工作交給其他人代勞的現代體育競賽裡，即使比賽贏了仍必須在賽後說句識趣的評語（有時候連輸的也要），真是各有各的勞苦。

鳴り物入り【なりものいり】

敲鑼打鼓、大張旗鼓

「鳴り物入り」的「鳴り物」是用來幫日本傳統歌謠、舞蹈伴奏或是演奏能劇、歌舞伎等ＢＧＭ（背景音樂）的樂器。「鳴り物入り」是如同在熱鬧的伴奏或ＢＧＭ中介紹藝人出場一樣，指在某號人物登場時伴以聲勢浩大的宣傳。但就像「鳴り物入りで芸能界デビューしたが、その後鳴かず飛ばずだ」等用法一樣，「鳴り物入り」是用來諷刺像例句裡以熱鬧隆重的形式登台演藝界，最後以「鳴かず飛ばず」（銷聲匿跡）這種暗淡的結果收場的人。

難色を示す【なんしょくをしめす】

面有難色

「難色を示す」是擺出一副為難的表情給對方看的意思。針對對方的意見或提案給予軟釘子碰時就會用這種神情搭配「まことにすばらしい意見だと思いますのでよく考えてご返事さしあげます」或是「そのご提案については前向きに検討させていただきます」的說法。不論是前句的「實在是很棒的意見，請讓我想想再給您回覆」，還是後句的「我們會積極研究您的提案的」，只要顯露「難色を示す」的表情和態度，就是表示「絕對反對」、「不行，無法接受」的意思。

人間くさい【にんげんくさい】

有人情味的

「人間くさい」的意思是有人的臭味（臭い），主要用來形容能讓人感受到有人情味的一面，例如：「あの役者は二枚目ではないが人間くさい演技で知られる」是指，那個演員雖然不是什麼美男子（二枚目），但以真情流露的演技聞名。「おやじくさい」同樣也用「臭い」來形容行為舉止像個老頭（おやじ）一樣，但也常指中年以上男子身上實際發出的味道。和「人間くさい」之間的絕對性差異是，後者是讚美人的話，「おやじくさい」則是用來嘲笑對方的。使用的時候請務必多加注意。

抜け駆けの功名【ぬけがけのこうみょう】

搶先立的功名、搶頭功

「抜け駆けの功名」的「抜け駆け」是指，武士為了在戰場上建立功名而偷偷地擅自離開職守的崗位，搶在他人之前攻入敵陣的行為。這種搶先的行為一旦成功就成了「抜け駆けの功名」，即搶頭功（「功名」是建功取得好名聲的意思）。然而在軍隊裡，「抜け駆け」是違反軍紀的行為，不論成敗都會遭受申斥。在重視團隊合作的日本，「抜け駆け」被視為是可恥的行為，但每個人也都隱約知道「搶先行動的傢伙才能獲取功名」的事實。

箔が付く【はくがつく】燙金、鍍金

「箔が付く」的「箔」主要指金箔。「箔が付く」的意思是，在物體表面貼上金箔使其變得奢靡華麗，用來比喻在某種契機下那個主體獲得了高度評價、身價水漲船高的意思。這種契機一般來說是指好的事物，例如「あの小説(しょうせつ)は○○賞(しょう)を取(と)って箔が付いた」是，那本小說因得到○○獎而聲名大噪。但其中也不乏因為進了牢房就像鍍了一層金一樣的勇士（註：暗指黑道大哥）。

然而，「表面(ひょうめん)に金箔(きんぱく)が付く」——表面貼金——的說法背後也可感受到一股交織著嫉妒與羨慕卻又流露出「實體根本沒什麼涵養可言」的冰冷眼神，因此一旦有個什麼事很快地身價和評論就會下跌，喪失威信（箔が落(お)ちる），例如：「あの小説は『○○』のパクリだったことがわかって箔が落ちた」（那本小說因被爆出抄襲《○○》作品而掉漆）等便是常見的例子。

鼻持ちならない【はなもちならない】臭不可聞、言行舉止俗不可耐

「鼻持ちならない」是形容他人的言行舉止、態度令人感到不快的程度幾乎到了無法忍受的地步，例如「あいつは鼻持ちならないヤツだ」是，那人真是個令人生厭的傢伙。過去的人用「鼻持ちせられぬ」來形容臭氣沖天到令人難以忍受的情況。「鼻持ち」一詞僅出現在這句慣用語裡，其所代表的意思並不明確，但是從本句以否定形態來表現「我慢(がまん)できない」無法忍受的樣子，應該就是指用捏著鼻子或其他方式什麼方法來忍受臭味的意思吧。

現在雖然再也不用「鼻持ちならない」來形容臭到令人難以忍受的情形，但是身上香水味濃到令人作嘔的傢伙，在言行舉止上肯定也多是俗不可耐。

一皮剝ける【ひとかわむける】脫落一層皮、（技術、容姿等）蛻變成長

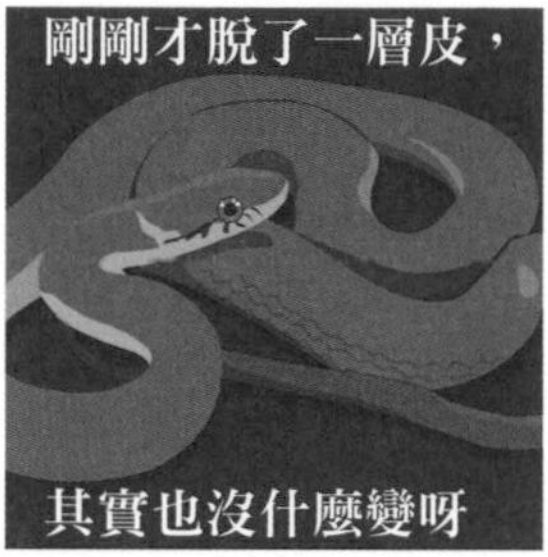

「一皮剝ける」是形容人的技術、才能就跟蛇或昆蟲在生長過程中蛻皮一樣，出現急速的進步。原本處於低潮的年輕職員或運動選手，在某個契機下突然有了驚人的表現時，就會被評論為「ヤツも一皮剝けたな」，意指對方像脫去一層皮一樣有著顯著的成長。不過話說回來，對於被拿來當作比喻的蛇或昆蟲來說，即使蛻去一層皮之後外觀上並不會出現令人感到驚訝的變化，竟然還被拿來當作比喻，可能會想說「這可是太言過其實了」——買いかぶりですよ。

風雲急を告げる

【ふううんきゅうをつげる】情勢告急

「風雲急を告げる」裡的「風雲」除了指風和雲，也有情勢、政情的意思。「風雲急を告げる」應是從中文的「風雲告急」按日文語序解讀而來，意指情勢、政情不穩之下眼看就要掀起大變革、發生大事件的氛圍，可簡略說成「風雲急」。風雲告急讓人聯想到戰爭、革命前夕雲譎波詭的模樣，在語意上含有對那樣的變革懷抱興奮期待的氛圍。因為這個「風雲」不單只是風和雲，而是得以在風起雲湧之間讓龍憑借風雲飛騰升天的舞台裝置，龍一登場，身為勁敵的虎便要從竹林裡步出，展開一場兩相對峙的戲碼。因此，「風雲急を告げる」是形容，好比動漫情節裡眼看象徵龍虎的英雄人物就要現身展開霸權之爭，一場得勝者將可引領人們走向美好未來的正義之戰即刻揭開序幕的場景；又或者是場與自我利害關係無緣，可隔山觀虎鬥的政局之爭就要展開一樣，令人產生期待的情勢。

片鱗を示す

【へんりんをしめす】顯示了一點才能

「片鱗」是魚類身上的一片鱗。「片鱗を示す」的意思是，像現出身上一葉美麗的鱗片一般，稍微嶄露個人的才能或實力。在鑑賞知名藝術家年輕作品時，評論家評述「作品中已初露鋒芒」——才能の片鱗が示されている——指的正是那個部分。但類似的創作如果是出自一位無名的畫家筆下，評論家給的評語便成了：「才能の片鱗も見いだせない」，看不出有什麼才能。

吠え面をかく【ほえづらをかく】因悔恨而嚎啕大哭

「吠え面をかく」的「吠え面」是指，像狗吠一樣放聲哭嚎的臉。「かく」，跟流汗的「汗をかく」、形容丟臉出醜的「恥をかく」一樣，是將原本潛在體內的東西形於外，在他人面前表露出來的意思。「吠え面をかく」是，在人的面前露出一張因悔恨而嚎啕大哭的臉，經常出現在電視、電影的動作片裡無力還擊的主角對敵人落下一句誓言討回公道——いまに吠え面をかくなよ（到時你可別哭）——的場景，也就是「ほえ面をかいている」現在正哭喪著臉的傢伙所說的台詞。

魔が差す【まがさす】鬼迷心竅

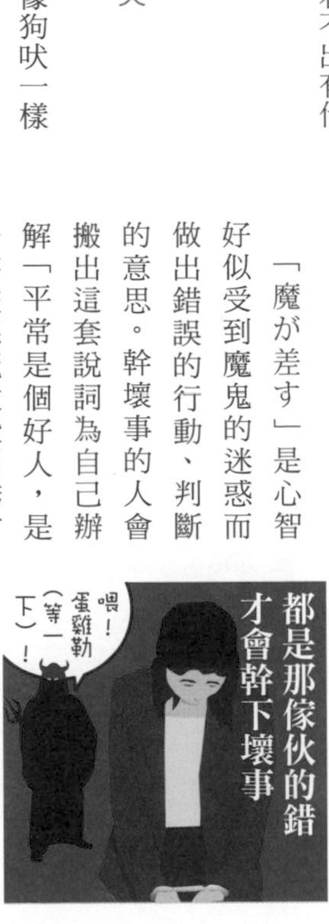
都是那傢伙的錯
才會幹下壞事
喂！蛋雞勒（等一下）！

「魔が差す」是心智好似受到魔鬼的迷惑而做出錯誤的行動、判斷的意思。幹壞事的人會搬出這套說詞為自己辨解「平常是個好人，是一時被惡魔教唆引誘才會幹下壞事的」，仿佛犯罪的責任不在自己，藉以請求酌量減刑。

類似情況下還有一種辯解的說法是「ついに出来心で」，是偶發的念頭下起了歹念的意思，跟有個明顯的主犯是惡魔的「魔が差す」比起來較欠缺具體性，因此今後打算在凡事追求合理說明的海外犯罪的人，最好先找找當地跟「魔が差す」的語意差不多的用詞。

待ったなし【まったなし】刻不容緩

「待ったなし」的「待った」是「待ってください」，要求對方暫緩等一等的意思。相撲比賽裡當雙方站起來交手之際，若對方比自己還快一步衝上前來，直覺照這樣下去可能會輸的力士可以喊「待った」來要求中止比賽、重新比過。這時對方力士就算心裡暗譙「本來照這種情況下去會贏的」，表面上仍會爽快地接受對手的要求。

前述的「待った」用否定形來表現就成了「待ったなし」，意指事態正快速發展以致無法中止或暫停，來到了迫在眉睫的地步。如果當主管的用「待ったなしの状況(じょうきょう)だぞ」等委婉地意示下屬「明天若拿不到合約，你就等著被炒魷魚吧」，可真是相當風雅的說法。

見得を切る【みえをきる】（演戲）亮相、虛張聲勢

「見得を切る」的「見得」是，歌舞伎裡當劇情來到高潮的時候，演員會突然靜止不動，面向觀眾使勁地擺出一副怪異的表情，是種讓人覺得不可思議的演出技法。「見得を切る」是做出「見得」的動作，既是為了讓觀眾飽覽演員帥氣亮相時的慢動作表演方式，也是演員用來製造觀眾喝采的身段。「見得を切る」所表現出的不自然的感覺，跟音樂劇裡達到節目高潮時演員突然唱起歌、跳起舞一樣，看來都很做作。

「見得を切る」做為一般慣用語使用時，是形容人就像歌舞伎主角做出「見得」的動作一樣，擺架子、說大話的意思。但終究是裝出來的言行和態度，使得「見得を切る」有著強烈的裝腔作勢的含意，實際使用的時候通常會在前面加個「大（おお）」變成「大見得を切る」來強調虛張聲勢的感覺。

在商務等場合裡，如果有哪個傢伙說：「關於這件事，我全權負責」時，在座的其他人便會交頭接耳地說：「あいつ、大見得を切りやがった」，認為那人肯定會在緊要時刻落跑，剛剛不過是在虛張聲勢（說大話）。這才是「大見得を切る」的正確用法。

身の丈に合った【みのたけにあった】與自己的能力相稱的

「身の丈に合った」的「身の丈」是身高的意思，和叫人不要踮著腳往上構（比喻不要逞能、勉強）的「背伸(せの)びをするな」意思相同，「身の丈」在這裡是比喻人的能力、才幹或經濟能力等。而「身の丈に合った生活(せいかつ)をしなさい」是叫「身高」矮小，也就是沒有足夠的能力、才幹，又缺乏經濟能力的人，忍受貧苦窮困的生活。這麼聽來好像是一句要人甘於自己的身份階級，充滿封建色彩的處世格言，但其實也不是那麼一回事，不過是句口頭告誡沒賺什麼錢又愛裝闊，到處跟人借錢過著氣派生活的窩囊廢的話而已。

身のほど知らず【みのほどしらず】沒有自知之明（的人）、不自量力（的人）

「身のほど知らず」是不曉得自己的立場或實力究竟到哪個程度的意思。這話不是對低估了自我能力與地位的人說的，而是用來揶揄幾乎沒有地位和實力的人裝出有地位、有實力的樣子。也就是，「身のほどのないヤツ」是「ないことを知らない」——沒有地位和實力的人不曉得自己沒幾兩重——的意思。

耳にたこができる【みみにたこができる】聽膩、耳朵長繭

「耳にたこができる」的「たこ」漢字寫成「胼胝」。「胼胝」跟海洋生物的章魚（タコ）沒有關係（雖然有其他說法認為在語源上跟章魚有關係），而是皮膚的一部分因角質化所產生的厚繭，跟中文的「胼胝（ㄆㄧㄢˊ ㄓ）」意思相同。胼胝是因為身體的特定部分經摩擦或常時的壓迫而產生，最典型的例子便是長時間握筆（原子筆〔ペン〕、鉛筆〔えんぴつ〕等）書寫所造成的手指長繭（ペンだこ）。而「耳にたこができる」（簡稱為「耳たこ」）是，同樣的話被迫聽了好幾次，感覺好像不斷地摩擦耳朵最後長出繭來。手指等長繭後即使在同樣部位反覆摩擦、壓迫也不覺得痛，同樣地耳朵長繭後對於千篇一律的話就

會變得不痛不養，也會喪失反省之意。因此，指導者若老是對下屬或學生說教同樣的內容，不但不能促使他們反省、奮發圖強，還會助長其不管旁人如何說教就是無動於衷，養成目中無人的態度。

耳を揃える

【みみをそろえる】把紙張的邊弄齊、湊齊足額

「耳を揃える」的「耳」是日本古代流通之橢圓形貨幣「大判」和「小判」的邊緣，轉而指貨幣的枚數。「耳を揃える」是備妥足夠金額的意思，例如：「耳を揃えて借金を支払った」是指湊齊足額償還債務。因此，當可怕的大哥前來威脅討債，說「耳を揃えて返してもらおうか」時，可不是要個性認真的你一邊發抖一邊把紙鈔攤整平放，再按上下、正反面排好仔細對齊邊緣。

虫の居所が悪い

【むしのいどころがわるい】心情不好

這句慣用語是以據說原本就棲息在人體內的蟲因為離開本來的棲息地移動到他處造成宿主「不機嫌」（情緒不佳）的狀態，來比喻人心情不好。例如，遇到情緒急躁不安拿底下的人出氣的上司時，可用「部長、朝から虫の居所が悪いね」竊竊私語「部長一早來就心情就不好ㄋㄟ」。但是那隻蟲究竟是移到了身體的何處才會讓人心情變差也沒個定數。

冥土の土産【めいどのみやげ】人死前快樂的回憶

「冥土の土產」的「冥土」（也寫成「冥途」）是指死後的世界。雖然是佛教用語，但釋迦牟尼佛並沒有提到超越人類經驗的死後世界或靈魂的存在與否，因此「冥土」這個詞是後世的佛教關係人所創作出來的。好像是因為中國的佛教信徒老纏著僧侶問「人死後會如何」，僧侶被問急了，迫不得已只好引用道教等說法捏造出一個本來不存在的世界（作者註：對此不遜的說明致上歉意，但內容大致上是依佛教學者的見解寫成的）。

「冥途の土產」是帶去黃泉的禮物。當老人家嘴上說：「これで冥途の土産ができた」，是指能在即將迎向人生終點前，體驗到第一次和家人出國旅遊，或是看到曾孫出世等這種小小的幸福，當成是帶去那個世界的禮物也就心滿意足死而無憾的意思。不過，即使像這樣已經做好起程的準備，還是有很大部分的老人家在那之後仍頑固地活著，抓住機會製造死前快樂的回憶，其中有不少是不知要帶多少去才肯罷休的例子，這就是老人家可愛的地方。

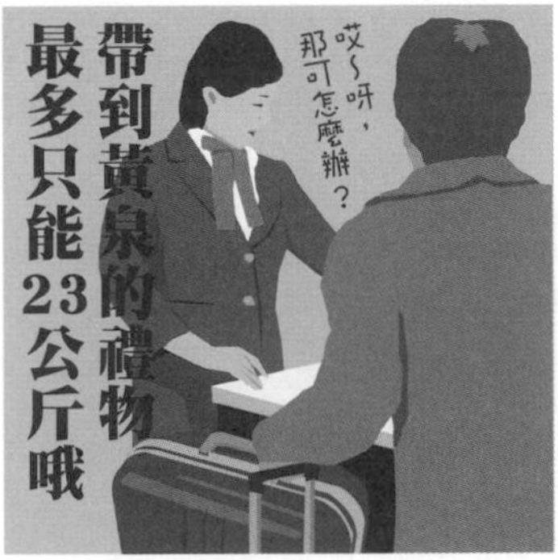

目に物見せる【めにものみせる】
讓（人）見識見識、給（人）顏色瞧瞧

「目に物見せる」是拿什麼東西給對方看的意思。別誤會，完全不是暴露狂歐吉桑把那話兒露給人看的意思，而是讓對方見識見識自己的實力，或是用報復手段給對方一點教訓，含有復仇的意思，譬如被某個混蛋瞧不起時，可用「いまに目に物見せてやる」表示早晚要給對方顏色瞧瞧。不過，像這樣灌注全身意氣說要給對方見識見識的，到最後多是沒能拿出個什麼來瞧瞧，徒留遺憾。

焼きが回る【やきがまわる】
淬火過度、年老體衰

「焼きが回る」是形容，刀具製作過程中因淬火過度而造成刀身變脆、切起來不利的意思，比喻人因年邁而能力衰退。這句慣用語經常用在年紀大的職人因為弄不好別人委託的工作而感嘆自己年事高技能衰退——オレも焼きが回ったものだ——的景象。然而老職人的藉口裡還透露出「想當年還沒鍊過頭時，俺可也像把武士刀一樣鋒利無比」的自負之情。

山を張る、山を掛ける【やまをはる、やまをかける】
碰運氣、（考試）猜題

「山を張る」、「山を掛ける」是下高風險賭注的意思。這裡的「山」是礦山的意思，如同猜想哪座山裡有金、銀等貴重礦脈就把開採的資金全投注在那裡一樣，「山を張る」、「山を掛ける」含有把資金、勞力集中投注在缺乏確定性的對象或場所的意思，尤其多用在準備考試時，猜想可能會出的題目並僅就猜題的範圍集中心力背答案的情況，是不想花力氣在本業努力追求知識，卻又具備能掌握出題方向和解讀教師心理的能力，待出了社會後意外地能發揮才能的人所偏好的戰術。

另一個跟本慣用語意思相近的說法是「一か八か（いちかばちか）の勝負に出る（しょうぶにでる）」，但「山を張る（山を掛ける）」是經

過本人縝密的估算後才選定那座礦山，而「一か八か」是眼前被迫必須立即做出二選一的決定，在無法充分衡量的情況下只好閉上眼大喝一聲「えいや」下好離手，比「山を張る（山を掛ける）」更具強烈的賭博印象。然而，不管是哪種說法，都是指高投機性的勝負方式，絕不建議健全的市民採取這樣的生活態度。

夢枕に立つ【ゆめまくらにたつ】

神佛托夢、在夢中出現

「夢枕に立つ」也可寫成「夢枕に顕つ」。「夢枕」是做夢時的枕邊，「夢枕に立つ」的意思是神佛或祖先出現在夢裡，又或是顯現在做夢的人的枕邊。大抵這種情況下是，神佛或祖先有要事要轉達，譬如指點夢中的人應該去哪家公司上班，或是埋在家中院子裡的金銀財寶的所在之處等。如果讀者所信仰的神佛、祖先出現在枕邊，卻又只是默默地站著不語的話，最好問問：「是不是忘了什麼重要的事？」

横槍を入れる【よこやりをいれる】

從旁干涉、插嘴等

「横槍を入れる」的「横槍」原指，戰國時代裡利用兩方交戰之時第三方從旁舉長槍衝入的戰術。「横槍を入れる」便從這裡引申為，在討論、交涉的過程中有第三者從旁插嘴的意思，例如：「議論は横槍が入って中断された」（因為有人從旁插嘴導致議論被迫中斷）。就像「横槍」本身帶有攻擊的意思一樣，旁人插嘴的內容也就不成建議或援助而是來礙事的。然而，從一旁插進長槍的當事人卻本著好似旁觀者清的態度，自信滿滿地打算從旁提供建議和協助，唯看在被插了嘴的人眼裡只會想「あの野郎、横槍を入れやがった」，因而經常落得被認為是想從旁干涉（多嘴）的渾蛋。

烙印を押される【らくいんをおされる】被打上烙印

真的很抱歉，
我們牧場無法僱用你
他之牧場
如果你僱用我的話，
我會擠很多ㄋㄟㄋㄟ
出來的

「烙印」是燙印在家畜等身上的記號，即中文的「烙印」。由於一旦被燙印後就無法將烙印輕易除去，「烙印を押される」也就成了背負著一輩子都無法拭去的汙名的意思，例如：

「たった一度(いちど)のミスでダメ社員(しゃいん)の烙印を押された」、「正義(せいぎ)の告発(こくはつ)をしたのに裏切(うらぎ)り者(もの)の烙印を押された」等。不管是因為只犯一次錯就被打上無能社員的烙印，還是為了伸張正義舉發不法情事反被印上叛徒的烙印等，烙印對本人來說都是不當的，是用在剝奪那人重新挑戰或回歸社會的機會的情況。

所以啊，牧場裡被烙了印的牛就算再怎麼努力找工作到處面識，都會被說「因為你是某某牧場的牛」，連面識的機會都不給的就直接從名單裡刷除了。

藁にもすがる思い【わらにもすがるおもい】（溺水者）攀草求援、飢不擇食

「藁にもすがる思い」的姐妹慣用語是「溺(おぼ)れる者(もの)は藁をも摑(つか)む」，形容被逼得走頭無路的人就算是不可靠的人也想依賴的心情，就好像溺水的人連一根稻草都攀住求援一樣。帶著一副嚴肅表情的窩囊廢友人用「お前(まえ)だけが頼(たよ)りだ」——你是唯一的依靠——等說詞央求借錢給他時，你就是那根稻草。

第3章 無意間隨口說出的言詞正確解釋

日常對話裡脫口而出的詞句，不管是說的人也好、聽的人也好，其實並不怎麼了解詞意卻也不影響彼此的交談。

舉例來說，「おめでたいヤツだな、きみは」這句話為什麼不是一種讚美？（問這問題的，可真是天真的傢伙）用「買い食いはダメよ」來吩咐小朋友不能自己買零嘴吃，那吃別人給的（もらい食い）就可以嗎？「売られたけんかを買ってやった」雖然是因為有人叫賣（挑釁）才幹起架來，那是因為賣得太便宜了嗎？ 對方雖然嗨嗨兩聲（二つ返事で）慨然允諾了（こころよく引き受けた）感覺又好像有氣無力……

本章集結了像這種耳熟能詳又帶點異樣的詞句。

沒錯，真的是非常勞駕本人
這可不是開玩笑的，居然叫人跑到這麼鄉下的地方來

既然覺得這是勞駕他人

就應該自己來吧

うやむや【うやむや】含糊不清、糊裡糊塗、曖昧

「うやむや」是所有貪污的關係人或是負起重大事故過失的負責人等內心所期待的未來遠景，意思是希望事情能「うやむや」地沒個着落、一直處於不明確的狀態。

本書在之後的內容裡也會介紹的「棚上げ」、「先送り」和「その場しのぎ」等幾種，日本人用來處理麻煩議題或未決事項的方式，也都是寄望能有個「うやむや」的未來。因為現在這個時點如果能以擱置、延後或使權宜之計等方式忽視問題本身或敷衍了事的話，就能避開徹底清查，等時間一久人們就會淡忘，問題的重要性也就會隨之淡化。日本人原來是如此健忘的國民呀。

「うやむや」寫成漢字是「有耶無耶」，如果按日語的順序來解讀的話是「ありやなしや」，亦即似有若無，這種好像有又好像沒有的不明確狀態正可說明「うやむや」含糊不清的樣子。不過，日文裡本來就有「うやむや」這個詞，也有可能剛好拿意思相通的「有耶無耶」來當假借字。語源不清而變得「うやむや」。

我要建立一個可以讓各位政治家安心生活的曖昧社會
從國民的手裡奪回政治
政治家救濟黨
何野某

あっぱれ【あっぱれ】

極好、漂亮。有本事！了不起！

「あっぱれ」等同「すばらしい！」（非常好）、「見事」（漂亮、精彩），是用來表達感動和讚賞的說詞。但說這話的給人一種高高在上的感覺，好比古代輕浮的君王用「あっぱれ、剛の者であるぞ」來稱讚行事魯莽的臣子「了不起！真是厲害」。在日本，現在仍有極少數的老年人會用「あっぱれ」來稱讚年輕人……應該說「あっぱれ」一詞本來已幾近死語，拜一位個性爽朗的前職棒老手在電視節目裡連用「あっぱれ」來稱讚現役選手，才讓這個慣用語有機會再度復活。

「あっぱれ」是流露高興或悲傷情感之「あわれ（あはれ、哀れ）」的促音化表現，而「あわれ」是因高興或感傷觸動心裡時自然發出的「ああ」（啊～）這個感嘆詞變化而來，是極度輕柔之感動與讚賞的表現，也是紫式部（註：《源氏物語》作者）最擅長的寫作手法。但是，面對取下敵人首級的武將，用「あはれである」來讚揚也未免過於柔弱，因而加強力道將之促音化變成了「あっぱれ」，早在鎌倉時代的《平家物語》等著作裡便已存在這種用法。

「あっぱれ」的漢字寫成「天晴れ」或是「適」。「天晴れ」在字面上顯得如此活潑有朝氣，正應和了讚賞之氣，事實上卻是個假借字。至於幾乎沒在使用的「適」，據說是日本自創的國字。

蘊蓄【うんちく】

淵博的學識、深奧的學識

「蘊蓄」的「蘊」是儲存在內部，「蓄」也是「蓄わえる」儲存的意思。有別於中文的蘊蓄是將活力與才能等積藏於內而不顯於外，日文的「蘊蓄」主要指的是，為了在關鍵時刻拿出來炫耀而事先儲備在腦子裡的大量、沒有助益的知識。這種賣弄淵博學識的行為就叫「蘊蓄を傾ける」，好比是把一卡車的舊報紙、過時的雜誌傾倒得滿地都是，帶給人困擾的行為。而能不加思索很快就寫出「蘊蓄」兩字的，肯定也是百裡挑一的「蘊蓄野郎」——賣弄知識的傢伙。

おめでたい【おめでたい】

（俗）過於老實。（俗）過於天真、過於樂觀。

「おめでたい」是在「めでたい」——表示非常可喜可賀、極力讚揚之歡喜與祝福的心情——的前面加個敬語「お」（御）而來。用敬語來表達喜樂與祝福的心情，豈不是至高無上的歡喜與讚賞？實則不然，加了「お」字反而多了諷刺的意味。在聽見好事時用「それはめでたい話(はなし)だ」來表達「那真是可喜可賀」，是OK的；但如果說成「それはおめでたい話だ」，聽起來就像是在愚弄人了（バカにしている）。

為什麼呢？因為「めでたい」原來是出於本人真誠的祝福，加了「お」之後，按照日本習於抬舉他人的社會習慣和語言表達方式，這份祝福的心情就不再出於自己（不屬於自己），反而成了對方或他人要別人恭禧的說法。看到這種天真「討喜」的樣子，任誰也無法率真地為之感到高興，從這裡「おめでたい」也經常拿來形容一年到頭好像都有值得高興的事，總是滿臉笑容的人是「おめでたいヤツだ」，鄙視其為「過於天真（傻里傻氣）的傢伙」。

想為對方覺得可喜、感到高興的事獻上誠心的祝福時，不可用帶有諷刺的「おめでたいですね」，而是要用「おめでとうございます」，亦即將對方「めでたがって喜んでいる」的狀態進一步客觀視之，以「めでとう」來表達對方正處於可喜的狀態，再佐以「お」和「ございます」的雙重敬語讓自己冷靜地接受其狀態，散發出也算是為對方感到開心的氣氛是必要的。

買い食い【かいぐい】

（小孩）自己買零嘴吃

買東西來吃是很普通的行為，但硬要用「買い食い」來點出這種行為的話，就是指「小孩自己買東西來吃」的意思。從「小孩應該吃家長做的料理、學校提供的餐點或是家長買的食物」的教育觀點來看，「買い食い」被視為是不好的行為，尤其日本的小學等指導學童不可在放學回家的路上繞到雜貨店或賣垃圾食物的店裡自己買東西吃。個人覺得這種行為指導還有一個意圖是，從小就在孩子的心裡深處建立一個「買い食い」是不好的概念，防止他們長大出社會後跟歐吉桑一樣在下班回家的路上被串燒店吸引，消失在店裡。

不可以自己買東西來吃哦！去跟別人討東西吃
這是不用錢的，就饒了我吧！

可列舉為「買い食い」的相反詞有：「盗み食い」（偷來吃）、「拾い食い」（撿來吃）和「タダ食い」（白吃白喝）等。但是從前述的教育觀點來看的話，「買い食い」的相反詞應該是「もらい食い」，吃別人給的東西。（把「タダ食い」列入候選名單裡應該也OK）

かまとと【かまとと】
假裝不懂、明知故問

「かまとと」主要指年輕的女性明明就知道大人社會裡才有的事又裝不懂的樣子，或是故作天真的人。「かまとと」據說是從像個小孩一樣問說「カマボコってトトからできてるの？」的樣子而來；「カマボコ」是魚板，「トト」是魚的童語，一個大人問：「魚板是魚做成的嗎？」正是明知故問。「かまとと」跟昔日流行的「ブリッコ」（主要指女性在異性面前裝出清純無知的撒嬌狀）一詞相通。隨著近年年輕女性的行為舉止與一般世俗認知有所出入——既不隱瞞自己曾是不良少年的過去，在人前亦大方吞雲吐霧毫不掩飾的關係。不論她們在其他面多麼努力裝出天真、清純的樣子，也難以掩飾其閱歷老成的內在，使得這些詞句派上用場的機會愈來愈少。

ぎゃふん【ぎゃふん】
被人駁得無言以對

「ぎゃふん」可用在「ぎゃふんと言わせてやる」（要讓對方無言以對）、「相手の剣幕に押されてぎゃふんとなった」（為對方的氣勢所懾而張口結舌）等說法，是形容在爭論等場合裡失利時意志消沈的感覺。「ぎゃふん」這個詞始於江戶時代，在當時似乎是用「ぎゃふん」來稱呼，不管是「ぎゃ」還是「ぎよ」都是表示驚訝的感嘆詞，而「ふん」應該是從點頭、覺得有理時所發出的「ふんふん」等感嘆詞而來。不過，「ぎゃふんと言わせる」照字面解釋是，要讓對方在辯輸的時候說「ぎゃふん」，但事實上辯輸的人既不會這麼做，「ぎゃふんとなった」（變得啞口無言）的時候也沒有人會呈現一副「ぎゃふん」的樣子（究竟是什麼樣子？）。

口説く【くどく】

勸服、發牢騷、追求（女人）

「口説く」雖然是「説得(せっとく)する」說服的意思，但應該跟叨叨絮絮的「くどくど」同源，即不斷重複不合理的說詞，直到對方感到厭煩不已只好接受要求，這種不懂善用花言巧語哄騙對方的做法實在不是什麼高明的說服技巧。「口説く」尤指身為男性的你看中一位女性之後企圖玩弄對方而靠近搭話的行為，對方又沒有非得跟你交往不可的正當理由，男性只好做出沒完沒了死纏爛打（くどくどと「口説く」ことになる）的舉動也是想當然耳。

食わず嫌い【くわずぎらい】

還沒嚐過就感到討厭、懷有偏見

「食わず嫌い」也可說成「食(た)べず嫌い」，是指還沒嚐過某種食物就已經認為自己不喜歡。從這裡也引申出，在還不是很知道的情況下，打一開始就感覺厭惡的意思。

動物園或是野生動物園裡的獅子、老虎等很少攻襲、獵食人類，也許是對人類的味道懷有偏見（還沒嚐過就感到討厭），但只要試過一次也許就會發現人類並沒有那麼難吃。

結構【けっこう】

很好。可以。夠了、不用了。

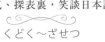

「結構」指做得好到令人無可挑剔的程度、有著令人十分滿意的成果。此外，「結構」也可以用來表示拒絕（結構です），意思是：我已經感到十分滿足，並不需要你的提議。這種用「夠了、不用了」來回絕對方的方式並不限於日文，就像英文裡也有「I'm fine」的說法。但是惡質的推銷員會把「結構」曲解成客人對自己的提案感到滿意而變本加厲地纏著客人買東西，一旦了解到對方是個沒水準的人，就必須用冷淡的態度直接講「不要です」（免了），不客氣地斷然回絕。

喧嘩を買う【けんかをかう】有架就打

（接受別人的挑釁）

「喧嘩を買う」是買「架」來打，也就是當對方賣架（喧嘩を売る）的時候，接受挑釁幹架（売られた喧嘩を買う）的意思。支付買賣的「架」金也就從支票（日文：手形※）和現金（日文：お足※））成了拳打、腳踢。但是要注意，付太多的話對方可是會找零的，所以最好是一開始就使出足以讓對方嚇得失神的重招，然後丟下一句「免找了」趕快逃回家。

※手形：てがた，支票。過去在土地買賣的法律文件等會蓋上「手印」以為證明。近世以後，蓋手印為證的習慣消失，徒留「手形」的稱呼用以表示信用交易制度。

※お足：おあし，錢。取自錢就好像有腳一樣會來來去去，而把錢比喻為「腳」。因為是女房詞而加上接頭詞「お」。

挫折【ざせつ】挫折

「挫折」是，老天爺為了讓不斷締造成功、享有成就感的傢伙知道這個世上不是那麼好混的「そんな甘いもんじゃない」而給予當事人的懲罰，又或是對於不斷遭遇失敗而怨天尤人的傢伙，為了讓當事人了解怨天其實是對老天爺的「逆恨み」（老天是為你好還被你怨嘆，真是好心被雷親），而再來一記的懲罰。

日文的「挫折」和中文的挫折寫法、意思均相同。「挫」是把棒子等折斷、挫敗的意思，「折」也是彎曲折斷、扭挫的意思。挫折一詞，精彩地呈現出老天爺如何一再執拗地把想從失敗和失意中站起來的人的精神意志給折彎拋棄的感覺，果真有中文煩瑣不休的感覺。

御足労【ごそくろう】勞駕

「御足労」是在「足労」的前面加個「御」的敬語表現，是特意前往的意思。「足労」是勞動雙腳，即走路、前去的意思，但正如第二個字用的是「労働」的「労」（意為勞動、勞苦），「足労」也就不是出於喜好而走，而是有著其實不想但不得已只好勉強步行或特意前往的意思。「足労」大多用敬語的方式來表現，譬如：「本日は遠いところを御足労いただきありがとうございます」等，這是因為很多情況下本當由當事人自行前往才對，卻勞駕對方前來而覺得不好意思才會這麼說。反之，自行前往對方那裡的情況下，不管是多麼特意、勉強，也絕不可說「足労して参りました」（勞駕而至）。

「御足労」固然是勞駕對方的意思，但對於也許是真心高興前來的對方這麼說的話，聽起來就像是在挖苦對方「你是其實不想來但還是來了吧」。

沒錯，真的是
非常勞駕本人
這可不是開玩笑的，居然
叫人跑到這麼鄉下的地方來

しがらみ【しがらみ】

堰水柵。（喻）障礙（物）。

「しがらみ」可寫成「柵」或是「笧」，是為了攔截河川的水流，在河裡打上一排樁子再從兩側用木柴或竹子纏住的裝置。從這裡引伸出像「浮き世のしがらみ」（塵世的羈絆）這樣的說法，用來比喻阻撓事物發展或束縛人的東西。讀者的身邊一定也有數不清來稱兄道弟（跟你說：我們是朋友吧）、來討人情（那時我可是幫了不少忙呀）又或是糾纏不清（為你做了這麼多結果說要分手？這是怎樣？）等，讓人感到綁手綁腳、受到牽制的「しがらみ族」（羈絆族）。

しごき【しごき】

捋（ㄌㄨㄛ）。（日本學校上級生以嚴格訓練對下級生的）一種不人道的訓練。

「しごき」是「しごく」的名詞形。「しごく」寫成漢字是「扱く」，根據《日本語大辭典》的解釋是，一手抓住東西而另一手用力拉的意思，形同拼命把最後一陀牙膏從軟管裡擠出來的行為。其他比如武士握著長槍時，一手握柄而另一手反覆刺擊、收回的動作就叫「槍を扱く」（捋槍）。

「しごき」多用來形容體育屬性的社團裡，指導者和上級生對選手或下級生施以嚴格訓練，幾近虐待的行為。可能就像要把牙膏從軟管裡擠出來一樣，試圖從體育健兒的身上把投入運動競賽的快樂、面對勝負的樂觀進取態度、為了精進所長的上進心，或是把事情看得太容易的精神等全給嘔吐殆盡，才會用這樣的說法吧。

せいぜい【せいぜい】

盡量、盡最大努力。充其量、最多不過。

「せいぜい」是「できるだけ」（盡量）、「精一杯」（竭盡全力）的意思，例如：「せいぜい頑張れ」是盡全力加油。但是「せいぜい」又跟「できるだけ」或「精一杯」不同的是，「せいぜい」裡含有「無能的人不管再怎麼努力，都可預見其成果有限，既然無可期待能有超越該程度以上的表現，就在範圍內盡最大的努力吧」這樣的情緒，因而衍生出「頑張っても、せいぜいこの程度(ていど)だ」——無能的人不管再怎麼努力也只能做到這樣，那是事先就已經料想到的——諷刺說法。

刹那【せつな】瞬間

「刹那」是瞬間的意思，等同於中文的刹那。根據古印度人的說法，刹那是世上最短的時間單位，相當於一秒的七十五分之一（說法不一）。這個精密的數字一定是基於只有印度人才能理解之某種嚴謹的理由計算而來的，但是到了現在只能說沒有人知道這個數字所代表的含義。總之，古人應該只是單純地想要傳達：即使是如此瞬息之間，人的生死和萬物都在起變化。但也許是古代的印度平民非要有個精密的數字佐證，否則就不乖乖聆聽老師教誨，才會算出刹那的時間長度吧。

刹那，在當時或許是個連想像都很困難的極短促時間，但現在這個瞬間的差距在奧運賽中成了決定金牌還是銀牌的真實數字，果然證實了「生死一瞬間」的教義。

駄目押し【だめおし】（圍棋）填空眼、再三囑咐、（棒球）勝負大局已定又多得分的

「駄目押し」的「駄目」是指，圍棋對局時在雙方邊界裡不屬任一方的領域（空眼），從在這個領域裡放入棋子也不會對勝負有所影響一事，將「駄目」比喻成徒勞無益、沒有價值的意思。「駄目押し」是棋至終局的時候，在空眼裡放入棋子以確認勝負的程序，之後引伸為「為謹慎起見再度確認」的意思，也指體育競賽裡在勝負大局幾乎已定的情況下又多得分或是追加攻擊的情況。

體育競賽裡的「駄目押し」，舉例來說就像是棒球比賽裡，分數已經遙遙領先的隊伍再度擊出一記全壘打，或是相撲比賽裡，眼見對手就要跌出場地或已經

跨到場地外面還硬是推了對方一把的行為。這種行為時而受到讚賞、時而引發責難，必須視「駄目押し」時雙方勝負的差距程度而定。譬如，職棒比賽裡，在七比零領先和十五比零領先的兩種情況下擊出全壘打時，都可說成是「駄目押し」，但七比零的選手追加得分的行為會受到讚賞的原因是，這是在專業意識的驅使下為確實決定勝負所做；反之，在十五比零的情況下擊出全壘打只是為了從已經喪失戰意的對手那裡為自己的成績加分，這種行為即使在武士道精神行不通的美國棒賽裡同樣被視為可恥。因此，到底在哪種程度的戰局裡「駄目を押す」（追加攻擊）才是好的，實在很微妙。而同樣是棒球比賽，不管局面情勢如何，總之只要盡全力都好的高中球賽裡，即使在比數已經是二十五比零的情況下，擊出全壘打的選手照例受到褒揚。

致命傷【ちめいしょう】致命傷

「致命傷」是致死原因的創傷，也可用來比喻招致社會性死亡的沈重打擊。

「致命傷」多用在過去式或可能形，例如：「この頭部の損傷は致命傷だった」（這個頭部的損傷是致命傷）、「この傷は致命傷になりかねない」（這個傷口可能成為致命傷）。這種用法是可以理解的，因為所指的對象如果沒有真的死去的話就難以認定那個傷口究竟是不是致命關鍵。

デラックス【でらっくす】高級、豪華

「デラックス」是來自英文的 deluxe，從法文的 de luxe（豪華）變化而來，若進一步追溯到拉丁語的話，是多餘、過剩、過度的意思。以現代的說法來說，豈不就是「こてこて」（塗上厚厚一層）或「ケバい」（打扮得花枝招展）等印象的源起？（純為個人見解）

外來語的「デラックス」常用來形容豪華飯店「デラックスホテル」、豪華贈品「デラックスな賞品」等，散發出一種景氣熱絡膨脹的感覺，但最近打著「デラックスマンション」招牌的豪華公寓看起來一點也沒有奢華的感覺，於是廣告負責人又費心地想出「プレミアム」（上等的）、「エクセレント」（卓越的）、「ハイクオリティ」（優質的）、「セレブリティ」（名流）等用詞，虛假地營造出豪華的印象。現在能名副其實地散發出「デラックス」感受的，大概只有把這個詞套用成藝名的日本某知名藝人吧。

どっこいどっこい

【どっこいどっこい】（實力等）不相上下

「どっこいどっこい」是拿兩者比較時，因程度相當難以區分優劣的樣子，就像「おまえのアタマの程度は飼っている犬とどっこいどっこいだな」等，是拿對方的大腦跟家犬相比（結果不相上下）一樣，可見「どっこいどっこ」並不適用於評比高級的事物。

「どっこい」被認為從「何処へ」轉變而來，是阻止對方行動等的感嘆詞「慢著！」，譬如：「どっこい、そうはさせない」（且慢！不能讓你這麼做），即「俺不知道你要去哪裡、做什麼，但俺就是要阻擋你的去路」的意思。此外，「どっこい」也從用力抵著不讓對方離去的意思，經常被引用為使力時的吆喝聲——哼嗨。

「どっこいどっこい」好似表現出雙方發出「哼嗨」的吆喝聲，使出相同力道相互推擠而陷入膠著狀態的樣子。可能就是從這種不得要領的較勁中，「どっこいどっこい」才會被用來比喻低級事物之間的較量吧（個人見解）。

何気ない【なにげない】

無意中、（假裝）若無其事

「何気ない」是什麼都不想、什麼也不在意、沒有意圖（無心）的、自然的意思。在對方面前表現出若無其事的樣子（何気なさ）時，經常會被懷疑真的「何気ない」嗎（其實是裝的吧？）。譬如，「何気ない素振り」是明明就注意到人們的目光還裝做不知道，表現得神色自若的樣子。由於實際上已經注意到了還裝出沒這回事的樣子，所以「何気ない」（無意）本身其實就是「何気ある」（有意）的行為。因此，現代也有不少人會正確地用「何気に」——有意無意地、在沒有明確的想法之下或無意之間所採取的行為——來表達。

難癖を付ける【なんくせをつける】

刁難、挑毛病

「難癖を付ける」的「難癖」是指應該加以責難的缺點。「難癖を付ける」是，找出他人的缺點或錯誤加以責難的意思。跟「難癖を付ける」意思相近的有「言い掛かりを付ける」（找碴），但後者是憑藉著像「你在笑什麼笑」這樣幾乎不成理由的理由來恐嚇對方的行為，相較之下費心找出對方缺失的「難癖を付ける」可說是稍具理智的行為，也就是這世上被稱作「クレーマー」——抱怨者——的得意技倆。

抜け道【ぬけみち】

近路、退路、逃避責任的藉口（手段）

「抜け道」是主要道路（正道）以外的捷徑，藉以拿來比喻在不觸犯法律或規則的情況下幹壞事的方法，例如：「ヤツらは法の抜け道を利用して儲けている」，那群傢伙靠著鑽法律漏洞賺大錢等。

都市裡的「抜け道」（交通捷徑）是遇到有急事、路上又塞車的時候，懂門道的計程車司機引領客人前往目的地的便捷路徑；法律的「抜け道」（法律漏洞）則是熟諳法條的狡滑律師、稅理士（稅務代理辯護人）等為了不讓幹壞事攢得的錢被國稅局或站在敵對立場的人給奪去，指點客戶不循正軌的手段。

馴れ初め【なれそめ】（戀愛）開始認識、開始相處

「馴れ初め」是戀愛中的兩人剛開始相識或發展成戀愛關係的契機。「馴れ」就像「足が靴に馴れた」（鞋子變得合腳）等用法一樣，指的是彼此之間少了彆扭變得親近了。「初め」就如形容櫻花初開的「桜が咲き初める」一樣，是開端、一開始的意思。「馴れ初め」正是指兩人變得像現在彼此談情說愛之親密關係的開端。

近來，「馴れ初め」也用在男女關係以外的事物上，譬如：「絵画の道に進んだ馴れ初めをお聞かせください」，是請教對方因為什麼契機走上了繪畫之路。這裡把「馴れ初め」當成「きっかけ」（契機）來使用，但也許是習慣了「男女の馴れ初め」這種用法，把它用在男女關係以外的地方仍感覺怪怪的。

跟已經結婚、訂婚的夫婦、情侶聊天的時候，「馴れ初め」是個合適的話題。事實上，對於這兩人是怎麼開始交往的，誰也不是那麼感興趣，更別提開始交往之後戀愛期間男女相處的種種情事，總之，要挑個還可以忍受的話題，問問兩人交往的契機至少不會錯。

猫の額【ねこのひたい】

巴掌大的地方、面積狹小

「猫の額」是比喻面積狹小的慣用語，經常用來形容都市住宅裡的窄小庭院，如：「猫の額ほどの庭（にわ）」（巴掌大的庭院）。貓因為沒有頭髮，很難指認出額頭的範圍所在，但是從貓頭的大小（應該是只有小沒有大）來看，額頭的面積肯定也只有一丁點大，所以本人認為這個把貓拿來開玩笑的比喻並無不妥。反倒是，用貓這種小動物來做比喻，更能讓人從語意裡捕捉到像我們這等平民在小小的宅院裡養花種草，過著儉樸生活的可愛模樣。

破廉恥【はれんち】

寡廉鮮恥

「破廉恥」是不知羞恥、不道德的，也指因為無恥而不以為意地做出不道德的行為。「廉恥」是廉潔知恥的心，也就是道義心、道德心。「破廉恥」是破除廉恥——「廉恥」を「破（やぶ）」る——的意思，破除了這些道義、道德之後就成了無恥、不道德的。

然而，自從漫畫家永井豪以片假名把作品《破廉恥學園》取名為《ハレンチ学園》之後，大部分日本中高年齡的歐吉桑看到「ハレンチ」就會聯想到小學生偷掀裙子的情形，大多數的人因而把「破廉恥罪（はれんちざい）」誤以為是「わいせつ罪」（猥褻罪），而「破廉恥罪」其實是包含了猥褻罪等所有違反道德的罪行（如果只是要單純表達「猥褻罪」，或許應該寫成「ハレンチ罪」才對）。

微力ながら【びりょくながら】

（謙）微薄之力

「微力ながら」是「雖然只有那麼一點心力」的意思。對人伸出援手時會用「微力ながらお手伝（てつだ）いさせていただきます」等謙虛地示意：雖然只是微薄之力仍將盡全力幫忙。

但是，「微力ながら」的背後通常想表達的，如果不是「不得已才幫你個忙」、「只幫那麼一點點哦」，就是在挖苦人——幫你可以，但俺能做的真的只有那麼一點點哦。

「微薄之力」的正確用法
雖然力量
微薄到不行，但還是
希望能對人們產生貢獻……

二つ返事【ふたつへんじ】

立即答應

「二つ返事」指的是欣然接受他人的委託或指示的態度。在日本，同意接受他人請託或指示的時候會回答「はい」來表示肯定，而一連兩聲「はい、はい」便是「二つ返事」。然而這兩聲嗨嗨也會因說話的方式而有不同的含意：帶勁而快速地連答兩聲是「快諾（かいだく）」，欣然允諾的意思；慵懶而疲乏的兩聲是表示勉強接受、虛應答話；用一種不理不睬的態度冷冷地回兩聲則是要說「栽啊啦（知道了啦），麥擱囉哩囉嗦指示個沒完」。近年，「二つ返事」多用來指後面兩者，也讓「二つ返事＝快諾」的定型化概念瀕臨消失。

一連兩聲
嗨～
嗨～
幹嘛……
現在懶懶的不想動

現代認為，接到上司命令的時候只要明確回答一聲「はい」即可，而且日本人也是這麼教導小朋友的。即便如此，不把慨然領諾說成是「一（ひと）つ返事」的原因是，只有一聲的「はい」也可能是平常的普通應答，為了表達超乎平常、張顯欣然答應的意願，即使原來的概念已經脫離現實，「二つ返事」仍有存在的必要。

眉唾【まゆつば】

（殊屬可疑的事物）應加警惕

「眉唾」又作「眉唾物(まゆつばもの)」，是用來表現當聽到有利可圖等不可輕信的內容時小心不要上當的警惕心理，例如：「その話は眉唾（眉唾物）だね」是「那種話不可置信」。

傳說很久很久以前，為了防止被狐狸或狸貓所迷惑，會在眉毛上塗口水施咒，這個傳說就成了「眉唾」的由來。當然，就算在眉毛上塗口水，狐狸和狸貓還是照樣會愚弄人（或是，就算不這麼做，狐狸和狸貓也不會愚弄人）。可見這個傳說本身就是「眉唾」——不可置信也，因為聽到可疑的事時並沒有人會真的在眉毛上塗口水（雖然有的人會一邊說真奇怪，一邊做做樣子），大家都知道那個咒術是「話半分(はなしはんぶん)のもの」只能聽一半。

見かけ倒し【みかけだおし】

外強中乾、虛有其表

「見かけ倒し」的意思是顛覆表面印象的內在與本質，用來評論人空有華麗的外表而沒有實質的內涵。

以前的政治家有很多是表面上看起來很了不得，實際上卻是吝嗇不已，但最近連外表看起來都很寒磣的人越來越多，正是連「見かけ」的外在本身都「倒れている」落魄不堪（有違政治家的形象）。從這層意思來看，「見かけ倒し」的評價好像還挺適合用來形容這群人的。

目配せ【めくばせ】

暗示、使眼色

「目配せ」是用眼神來傳遞訊息（使眼色）的意思。由於「目配せ」的漢字和四處留心張望的「目配り」一樣，讓人誤以為是同系列的詞句，不過「目配せ」可是「目を食(く)わす」名詞化之後的「目食はせ（唸成：めくわせ）」轉變而來的。「食わす」是「合(あ)わせる」，合起來的意思；「目を食わす」是眨眼（雖然按理這樣應該說成是把眼瞼合起來才對），「目配せ」便成

了用眨眼來傳遞訊息（打眼號）的意思。總之，撲克牌比賽裡嚴加注意有沒有人做牌妥詐的情形，叫「目配り」，而偽裝成旁觀者站在後面的同夥直直使眼色暗示「這傢伙牌很差，盡管出手」的，叫「目配せ」。

送秋波→使眼色
嗯？該不會是對俺有興趣吧？
那傢伙是個冤大頭，出手吧

持ち駒【もちごま】

（象棋）從對手贏來歸自己的棋子。（喻）儲備的人才

「持ち駒」是指日本象棋裡從對手那裡贏來歸自己的棋子。這些旗子一旦束手為俘虜便立即倒戈歸屬我方陣營，可隨時和過去的戰友決鬥於戰場。

在一般社會而言，「持ち駒」是指握在手裡可隨時應需求派上用場的人才。在此先為身為「持ち駒」之儲備人才的名譽做以下聲明：他們並非是一群背叛的人。然而，從「吹けば飛ぶよな『駒』」——吹了就散的棋子——這種說法也可理解到，他們的戰力並不是那麼值得期待。

よんどころない【よんどころない】

不得已、無可奈何

「よんどころない」是迫不得已的意思，例如：「よんどころない事情があって会議には欠席します」是「出於不得已，無法出席會議」。「よんどころ」寫成漢字是「拠ん所」，從「拠り所」轉變而來，是可成為支撐的東西、依據和理由等意思。因此，「よんどころない」是沒有根據、毫無理由的意思，含有「關於本人做過的事或從現在起準備要做的事，因為有著難以啟齒的依據或理由也就不特意說明」的意思。聽到「よんどころない事情があって会議には……」這番說詞的日本人，會適切地將其解釋成：那傢伙可能又犯宿醉，早上爬不起來了

第4章

傳達出微妙心理的曖昧言詞

日語裡有很多需要解讀空氣（空気読めよ）的用語，如果無法掌握對方微妙的心思或是當下的氣氛，經常會引發誤會。

譬如，「いい加減」既是適度又是馬虎（よくない加減），究竟何來？姍姍來遲的傢伙還一臉得意地說「遅れ馳せながら」（來晚了），這人心裡在想什麼？為什麼道歉時說「結果的に多大なご迷惑を……」（結果造成許多麻煩……）聽起來反而像是在逃避責任？明明都說不用提也知道（言うまでもない），怎麼還是提了？

本章帶看官們一起捕捉日語裡的空氣。

一聲輕嘆也能讓妳成為
迷人的沉思者

相性【あいしょう】八字、性情相投

在夫婦或戀人仍維持婚姻狀態、尚未分手的情況下，其關係性質——「相性」——被視為是好的（よい）。「相性」又可寫成「合性」，可從「合」「性」兩字看出「相性」指的是彼此性格契合的程度，不單指人與人之間的關係，也可用在人與物之間，例如：「この機械とは相性が悪い」（跟這台機器合不來）等。換言之，當人與人或人與物之間關係良好的時候，也就不太需要分析所謂何來（而且關係良好的時候也沒有分析的必要），只消一句「可能是性情合得來吧」（相性が良い）就能簡單歸結原因。

味のある【あじのある】有特殊風味的

「味のある」也就是所謂的「擁有難以言表的魅力」，可用在「あの役者は味のある演技をするね」、「あなたの文章には味がある」等，前者是稱讚那個演員的演技很有味道，後者是評論人的文章有著難以言表的魅力。總而言之，在種種情況下得勉強稱讚對方或某個作品時，「味のある」是個可以連續派上用場的必殺句。那些情況包括：無法明確指出究竟好在哪裡、怎麼個好法、是否有趣，說不定評論的對象確實很優秀、饒富趣味但無法判斷是否真的如此，又或是不論有多好、多麼引人入勝，接收者就是沒那種感受能力等。既然不是任何人看了都能立即領略的美、聽了立刻感覺悅耳的聲音、閱讀後令人感動到掉淚的創作等，只好退而求其次，用「味道」來評論之。

あるとき払いの催促なし【あるときばらいのさいそくなし】有錢再還，不催討

「あるとき払いの催促なし」是借錢給人的時候，貸方（出借人）對借方（來借錢的）所提出的寬大條件：等有錢再還就好，也不用擔心催討的問題。貸方之所以提出這等條件是因為，既然借方以一種看似「欠著不還也ＯＫ？」的心態來借錢，貸方心裡也就有了肉包子打狗一去不返的覺悟。進一步而言，這也是貸方成熟的表現，用「あるとき払いの催促なし」包裝「給你，下次別再出現在俺的面前」的輕蔑態度，避免雙方扯破臉。

いい加減【いいかげん】

適當、恰當。馬馬虎虎、不徹底。敷衍

「いい加減」是適宜、適度的意思，例如：「暑くもなく寒くもなく、ちょうどいい加減の気候になりましたね」，是指天氣不冷也不熱正是宜人的時候。然而日常對話裡的「いい加減」很少用在正面，多用來形容不怎麼好的一面。譬如：「いい加減なヤツ」是指不遵守約定或是胡說八道的傢伙；「試合に負けたのはいい加減な練習をしていたからだ」則是想要表達比賽會輸的原因來自於沒有充分練習的關係。

之所以會變這樣，也許跟「いい加減」原本是把中間程度視為是好的（いい）有關，這一點從開頭提到的氣候的例子也能看得端倪——不冷也不熱＝氣溫「適中」剛好。循這個方向來思考，一個人若介於完全遵守約定跟絕不遵守約定之間，或是遊走在絕不說謊與百分之百扯謊之間，便成了不上也不下的不可靠的傢伙（いい加減なヤツ）。同樣地，既不拼死拼活又不敢完全放空憑實力的練習就成了半調子練習（いい加減な練習）。此外，「文句を言うのもいい加減にしろよ」雖然是制止人別再抱怨，但這也是要人別把怨氣全給傾吐出來，在「いい加減なところで」（差不多的時候）適可而止。

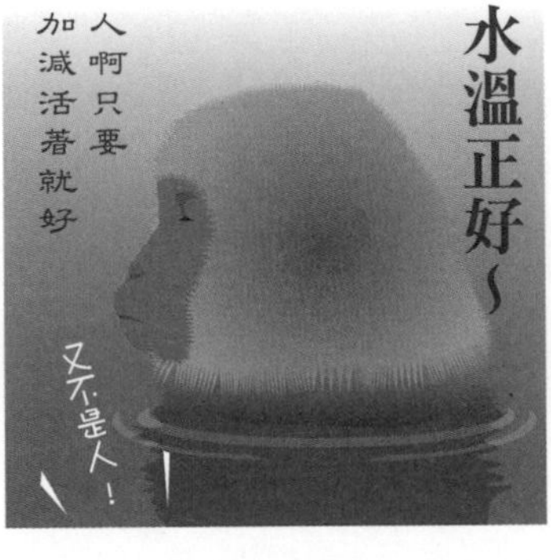

いい迷惑【いいめいわく】真麻煩

「いい迷惑」的「迷惑」是帶給人不快或困擾的行為，因此「迷惑」肯定是不好的，冠上「いい（よい）」（好的）這個形容詞是反諷法，可用在跟自己沒有接關係卻感到困擾的情況下，譬如：「そんなめんどうな話(はなし)をオレのところにもってくるなんて、いい迷惑だ」（跑來說這種麻煩事，豈不在給俺找麻煩）等。跟「いい迷惑」意思相近的還有一種說法是「いい面(つら)の皮(かわ)」，這裡的「いい（よい）」是，即使被人添了麻煩，因為無法跟對方生氣只好苦笑承受，有嘲笑自己是好好先生的意味存在。而「いい迷惑」感覺也是這條線上的延伸，可從中窺見，麻煩歸麻煩，倒也不是重度而是可一笑置之的那種，又或是即使感到不快仍來者不拒、概括承受，對自己「到底在幹嘛」的行為感到厭煩的內心戲。

言うまでもない【いうまでもない】不用說、當然

「言うまでもない」雖然是大部分有常識的人都知道其重要性而無須特意說明的意思，卻是在講述那件事前後添加的說明。也就是說，「言うまでもない」是用來挖苦不具備理解能力的說話對象，意味著：「如果是一般人的話，就算不說也理當能明白，但對於像你這樣的笨蛋，不事先講就不知道，只好特地說明。」。

生きがい【いきがい】生存的價值

「生きがい」意為生存的價值、活著的動力，指的是能讓在充滿痛苦的人世中賴著不走（歹活）、像是牽掛的東西。

いたずら【いたずら】淘氣、惡作劇

「いたずら」是對方不會真的生氣，也不至構成訴訟程度的惡作劇。如果對方真的生氣了就是「いたずらが過ぎた」（玩笑開過頭了），若鬧上公堂，可就不是開玩笑就能解決的（いたずらでは済ませない）。在名畫的女主角臉上添加兩撇鬍子等舉動可說是典型的惡作劇，這兩撇若是點綴在跟別人借來的畫冊上等，會被說成是玩笑開過頭，撇在原畫上的話當然就不是開玩笑就能解決的事。

「いたずら」寫成「徒」的話就成了形容動詞，好比「徒に時を過ごす」（虛度光陰）一樣，是形容無益、閒得無聊或是沒用的樣子。據說惡作劇的「いたずら」跟「徒」是同源，是從無益的行為衍生而來。人如果吃飽太閒整日沒事做的話，好像就會出現偏差的行為。

いちいち【いちいち】一個一個、全部、無遺漏地

「いちいち」是一個一個的意思，表達了對於必須個別逐項處理、不可有任何遺漏的事情，或是做什麼事時有人在一旁指示每個動作細節而感到不耐煩、不快的心情。「いちいち」同時也是看到桌上堆積如山的文件不由得抱怨「これをいちいちチェックするんですかあ～」（非得一件一件檢查不可嗎）的新進員工、對於必須逐一跟主管報告的公司規定大發牢騷「いちいち上司に報告するなんてめんどうくさいっすね」（每件事都要跟主管報告也太麻煩了吧）的新進員工，以及厭惡主管嘮叨指示個沒完而與之鬧脾氣「いちいちうっせんだよ」（每個細節都要叮一下，煩不煩吶）的新進員工等愛用的口頭禪。

羨む【うらやむ】羨慕

「羨む」是嫉妒的初期症狀，亦即形容看到他人比自己還要幸福、優秀時，感到不滿或是希望自己也能變成那樣的複雜心理狀態。站在為人所羨慕的對方立場來看，這是讓人無法理解、不講理的情緒反應，被視為是病態心理也是沒辦法的事。羨慕的情緒一旦升高，對他人懷有惡意的嫉妒症狀就會加深。

「羨む」的語源是意指心或情緒的「うら」加上表示生病的「やむ」所構成，看來以前的人對於羨慕是種幾近病態的心理也很有心得。

えこひいき【えこひいき】偏袒

「えこひいき」是指偏向支持、支援自己喜歡的東西。當老師偏袒某個學生，說那個學生因為頭腦好、長得又可愛而讓人疼愛有加（あのこは頭がいいうえにお顔もかわいいからえこひいきされている）的時候，不僅是頭腦好但長得有點美中不足的學生，不知為什麼就連腦袋跟長相都讓人束手無策的也會群起批評教師的行為，因此身為一個指導者在對待學生方面必須謹慎小心。

「えこひいき」的漢字是「依怙贔屓」。「依」和「怙」都是依靠（他人）、仰仗的意思，「依怙」一詞的意思本來也指依靠、所倚靠的人，之後逐漸變成熱心支持所倚靠的人而有了偏向支持、支援某一方的意思。形容在無聊的事上固執己見的「意固地」原來也寫成「依怙地」，是指偏執頑固的心。而「贔屓」也如同「役者の御贔屓筋」（演員的贊助者）等用法一樣，是指支援、援助喜歡的人。

這麼說來，「えこひいき」是表示頑固的偏愛，寫到這裡作者忍不住想來上一句作者「自理」名言：「すべての恋愛はえこひいきである」，所有的戀愛都是種偏袒。

悦に入る【えつにいる】暗自得意

「悦に入る」的「悦」是歡喜、感到高興的意思。歡喜和開心的情緒通常會喜形於外，但「悦に入る」用進入（入る）這個動詞，就好比走進房裡一人獨享、不讓他人知道這份歡喜、興奮之情，處於自我滿足的樣子。亦即，縱使把這份喜悅拿出來與人分享，也只會得到對方神態冷若的淡然回應：「哦，是這樣啊」，在這種情形下只好進到自己的世界裡，獨享帶有一絲寂寞的歡悅。

遅れ馳せ【おくればせ】事後、為時已晚

「遅れ馳せ」是太晚趕到，主要以「遅れ馳せながら」的說法做為遲到的藉口，意思是「沒能及時……」。例如，武士在戰場已經血流成河的時候才姍姍來遲的情況下，得裝出一副雖有萬不得已的要事纏身仍擱下而拼命趕來的樣子，上氣不接下氣地說：「遅れ馳せながら何の某ただいま参上つかまった」（雖然晚了一步但某某人現在已經報到），藉由「我可是馬不停蹄趕來的！」這番氣勢將遲到一事正當化。同樣地，在收到禮物時本當立即回禮，卻因對方不是什麼重要人物而暫時擱著，待有事非得求助於對方時，也可若無其事地在信裡添上一句：「遅れ馳せながらお礼申し上げます」（致上遲來的謝意）等。

男好き【おとこずき】喜歡男人、飢渴的（女性）。討男人喜歡的（女性）

「男好き」雖然是形容女性的性格與容姿的用詞，但「男好きな女」跟「男好きのする女」意思並不相同。前者，按字面解釋是「喜歡男性的女性」，但這種解釋過於普通，只點出了女性喜歡男性的一般現象，「男好きな女」是形容非常喜歡男性的女性，甚至是一見到異性就想和對方發生關係的女性，對女性

當事者來說是帶點輕蔑的說法；反之，「男好きのする女」則是「討男人喜歡的女性」，在個性和容姿上都散發出一種吸引男性的費洛蒙。但是「男好きのする女」最終也因為吸引男性靠近而發展成那樣的關係，因此有種傾向認為，不管是喜歡男性還是討男性喜歡的女性，結果都是一樣的。即便如此，散發魅力吸引異性的女性（男好きのする女）身價想當然耳會比充滿飢渴想擄獲異性的女性（男好きな女）來得高。

気に掛ける【きにかける】

掛心、放在心上

「気に掛ける」是擔心、關心的意思，就像寫信時在信裡提到「いつもあなたのことは気に掛けております」一樣，心裡的一角總是浮現對方的影像，即便如此也不至於讓人想要採取什麼樣的行動，是種淡淡的掛念與關懷。

健闘【けんとう】

頑強爭鬥、奮鬥

「健闘」雖然是努力奮鬥的意思，但主要針對努力奮戰仍然敗北而歸的傢伙，多以「健闘むなしく敗れ去った」來形容之。因此，體育賽前的餞行會上用「○○さんの健闘を祈る」勉勵選手奮戰到底的人，雖然內心想對選手說的是「優勝しろ」（要拿冠軍回來！），又明白那是絕不可能的事，因而以「至少也要盡最大的努力，來一場不會丟人現眼的比賽」的心情來鼓勵對方。

話說回來，本來要打「われわれは健闘を誓った」（我們誓言奮戰到底）的，日文輸入的時候打「けんとう」會出現「検討」、「見当」和「拳闘」等換字選項，選了「検討」（討論研究）就是還沒奮戰前就已經先陷入沉思，選了「見当」（估計）則是憑直覺去參加比賽，選了「拳闘」則只能用在拳擊賽上，因此選字的時候務必多加注意。

結果的に【けっかてきに】從結果看來

「結果的に」是從（看似結果的）結果看來的意思，意圖表達其結果並非可直接歸究於自身的行為所造成，而是「也許跟自己的行為有關係也說不定，但是在那之前還有許多錯綜複雜的要素導致現在的情況。」也就是藉由分散責任來減輕自己責任歸屬的同時，表達現在大家所看到的並不一定是最後的結果，含有也許今後有機會讓眾人了解到這是一場誤會的意思，從結果看來就是想要推卸抵賴的說詞。

「結果的に」具代表性的例子非政治家的自我辯護莫屬。「私の発言が結果的にみなさんにご迷惑をおかけしたことをお詫び申し上げます」——關於本人的發言，從結果看來，為各位帶來困擾，深感抱歉——言下之意是，「關於本人所說的話，經過媒體不負責任的渲染報導，在這期間帶給各位（主要是身邊的人）困擾……」，表達了「不能完全說是我不好」的複雜心境。

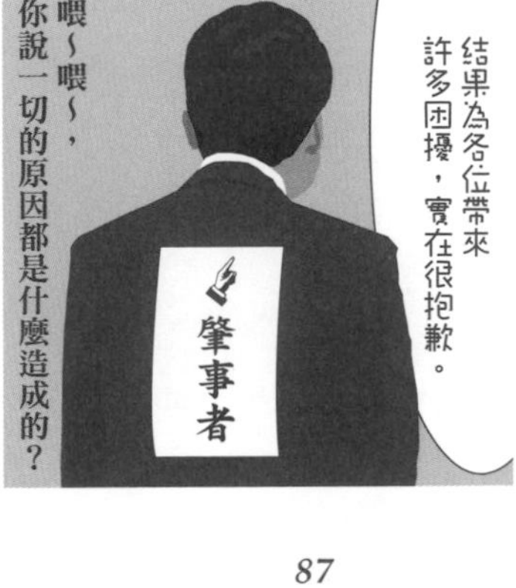
結果為各位帶來
許多困擾，實在很抱歉。
肇事者
喂～喂～，
你說一切的原因都是什麼造成的？

ここだけの話【ここだけのはなし】

不能對其他人說

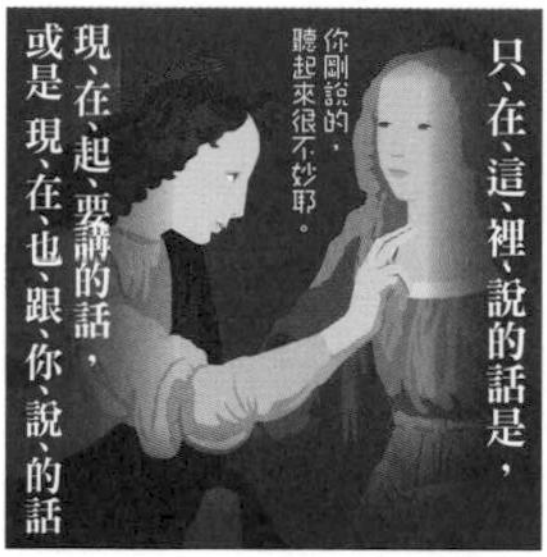
只、在、這、裡、說的話是，
現、在、起、要講的話，
或是 現、在、也、跟、你、說、的話
你剛說的，
聽起來很不妙耶。

「ここだけの話」是只於現在這裡說的話，這話既不會對他人說，也不希望聽到的人又跑去跟其他人說，也就是「內緒話（ないしょばなし）」，只有你知我知的悄悄話。然而「ここだけ」絕不限於「現在這裡」，而且湊過來叮囑「ここだけの話だけど」——不可對其他人說——的傢伙，說的多是已經到處吹噓，現在終於輪到「這裡」的內容。

コツをつかむ【こつをつかむ】

掌握竅門

「コツをつかむ」的「コツ」寫成漢字是骨頭的「骨」，用來比喻像人的骨頭一樣藏在內部支撐整體的本質部分，主要指工作或技術上的要領、重點所在（かんどころ）等。「コツをつかむ」即是把「コツ」變成自己的東西。

從事藝術創作、工業製品生產時，掌握製作方法與技術要領的人，可以用同樣的勞力獲得數倍的成果，可惜大部分的人並不想這麼做，寧可選擇如何降低勞力達到跟往常一樣的成果並對此感到滿足。因此「コツをつかむ」也可說成是「記住如何省事的技巧」。

語弊【ごへい】

（因用詞不當）會導致誤解的說法

「語弊」是說話的內容傷及他人的意思。主要指說話不得體的關係帶給對方不快的感受，或產生敵對的情感，通常會以「こんなことを言う（い）と語弊があるかもしれないが、あなたはかわいいとは言えないね」（這麼說也許不得體，但你實在稱不上可愛）的方式來表達，說中雖然帶有「這話沒什麼惡意，請不要在

意」的意思，但是既然要找這種藉口敷衍，事前謹慎說話不就好了嗎？可見「語弊」的本質其實是說話者很不懷好意地假借開玩笑的方式來激怒對方，又為了避免冒冒失失的聽者把話當真生氣變臉，因而在事前拉一道防線，聲明自己的說法不得體。

地団駄を踏む【じだんだをふむ】
（後悔、懊喪的）跺腳

「地団駄を踏む」是因懊喪而不斷跺腳的意思。就算不是真的使勁以腳跺地，對於極度生氣的人也可用「地団駄踏んでくやしがっている」（捶胸頓足悔恨不已）來形容之。「地団駄」是從「地踏鞴（じたたら）」轉變而來，「地踏鞴」是鑄造過程裡使用的風箱，也就是用腳踩踏把風送進熔爐裡的裝置。「地団駄を踏む」便是從以足跺地和踩風箱的樣子有相似之處衍生而來的。但是現在因懊喪而使勁跺腳的人已經很少見，想看的話，也許下次跟小孩出門逛街時，在小孩央求買電玩的時候可暫不予理會，稍做觀察之後或許就能看到孩子頓足的模樣。小孩的行為也許是出於，其實想就近捶打身邊的東西，又怕反而被揍或是弄傷手、破壞了商品等，為了避開這等危險只好以安全為上策使勁地踐踏地板。

しぶしぶ【しぶしぶ】
勉勉強強、不得已

「しぶしぶ」就像漢字的「渋渋」、「渋々」一樣，形容像是吃了一顆生澀柿子般的表情或是那樣的心情，也就是用一種討厭的心情（做什麼事）的意思。「しぶしぶ」雖然是用在為人所求或是被命令做什麼事的時候，但有些時候不喜歡的話乾脆推掉就好，只有在心裡感到厭惡仍然勉強接受的情況下才可用「しぶしぶ」。仔細想想，我們在婉拒那些請求或命令的時候總會笑笑地說：「哎呀呀，雖然很想幫忙，但是剛好有急事要處理耶～」，臉上也因為逃過一劫而露出開朗的表情。由此可見，在無法拒絕對方請求的情況下用「しぶしぶ」是對的。

赤裸々【せきらら】赤裸裸、毫不掩飾

「赤裸々」是全裸，即強調「赤裸」（赤裸）的說法，是把自己暴露出來、毫不掩飾（露骨）的意思，或是那樣的狀態。例如：「この小説は作者の私生活が赤裸々に綴られている」（這本小說赤裸裸地描寫出作者的私生活）等。從毫不掩飾的這層意思來說，有個類似的詞叫「露骨」，但「露骨」不過是露出骨頭這樣的程度，和語意中強烈帶有「完全暴露可恥之處」的「赤裸々」比起來，前者是骨頭一旦穿透了赤裸的身體，可恥之心也就置之度外，用「露骨な言い方」（露骨的說法）、「露骨な性描写」（露骨的性描寫）等說法表達露骨地向對方展現攻擊的情緒或煽情的意圖。總而言之，「赤裸々な性描写」（赤裸裸的性描寫）是作者把非常羞於啟齒的性生活暴露出來，藉以獲得受虐（masochistic）的快感；反之，「露骨な性描写」是作者藉由露骨的描述享受「怎麼樣，可寫到這種程度了」的施虐（sadistic）快感。

ちょっとした【ちょっとした】極普通的、常有的

「ちょっとした」是「ちょっと」（僅少數、稍微）的連體形，意為僅少數的、一點點的、微不足道的、不值一提的。例如：「ちょっとした用事があって待ち合わせに遅れます」（因一點小事耽擱了會晚點到）、「ちょっとしたミスが命取りになる」（微小的錯誤會導致喪命）等。但如果你的同事說：「ちょっとしたアイディアだろう」，雖然字義上解釋為「不是什麼了不得的點子」，這可是講究謙遜的日本人表達謙虛的客套話，本人其實感到志得意滿，內心想著「這個主意不錯吧」、「是個很棒的創意吧」。要判斷「ちょっとした」究竟是真的微不足道，還是隱藏了得意之情的謙虛表現，只要看說話的當事人臉上是否浮現一絲得意神情便可知曉。

付かぬ事【つかぬこと】突如其來的事、貿然的事

「付かぬ事」的意思是，跟到剛才為止的話題或狀況完全無關的事，多以「付かぬ事をうかがいますが」（冒昧想請教一下……）的形態，抱著很抱歉突然問這種事的心態下，詢問對方像是「你真的只有25歲嗎？※1」或是「你其實不是畢業於美國的大學吧？※2」這種實為失禮的問題。

※1：付かぬ事をうかがいますが、あなたはほんとうに25歳ですか？

※2：付かぬ事をうかがいますが、あなたは実はアメリカの大学を卒業してないんじゃないですか？

出来心【できごころ】起歹念

「出来心」是偶發的惡念，幹壞事的人會用「つい出来心で」的藉口，把原因歸責於一時起歹念的精神病態，期待法官能酌量減刑。「出来心」適用於首次偷竊店內商品或幹出痴漢行為的藉口，其重點在於「即興感」（一時興起），因此拿汽油彈搶銀行、犯有五次前科的傢伙不管怎麼辯稱自己是一時起歹念（出来心で）任誰也不會相信。

無きに等しい【なきにひとしい】等於沒有

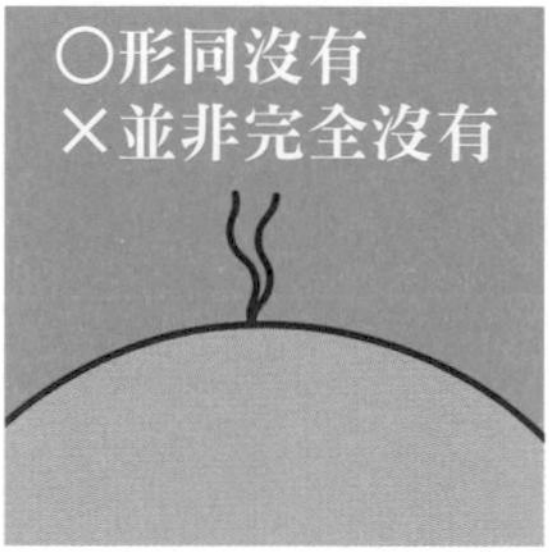

不管是「無きに等しい」還是「無いに等しい」，都等同於沒有，其所要表達的是非常少的意思。同樣用來形容「非常少的」還有一個慣用語叫「無きにも非ず」，意思是（可能性小）並非全然沒有。提到老爹的頭髮時，可用「無きに等しい」來形容那幾根毛是有跟沒有一樣，卻不可說成「無きにも非ずだ」。因為「無きに等しい」是指明顯存在（可明確看見）的對象狀態為「有等同於無」；反之，「無きにも非ず」是所指的對象存在性並不明確

（無法明顯看出有還是沒有）所以用「要說全然沒有也不正確」來指示其可能性，隱含了期待的心情。因此，不管老爹頂上的毛是二根還是三根，由於可清楚看見，如果用「無きにしも非ず」來形容的話則忽視了那兩三根毛明顯存在的事實，反而讓老爹對「有」的這件事期待落空。

成り上がり【なりあがり】

暴發戶、一步登天（的傢伙）

「成り上がり」是突然發跡（成り上がる）或指一步登天的人（成り上がった人物）。「成り上がる」是地位低下的窮人取得可觀的財富，得到社會地位的意思。「成り上がり」則是用以嘲諷那樣的人由於生性貧賤，之前處於較低社會階層的關係，尚不習慣當個有錢人，仍明顯散發出窮人氣息的爆發戶，反之爆發戶本人也用此來炫耀自已在還沒來得及適應新社會地位所需的禮儀之前，短時間內就能一步登天。而這種為自己突然發跡感到自滿的態度也是暴發戶的特徵之一。

何の因果か【なんのいんがか】

什麼樣的因果報應

「何の因果か」的「因果」一般來說是原因與結果的意思。「何の因果か」看似以疑問句的型態來指示「是什麼原因導致現在的情形發生與狀態？」，然而佛教用語的「因果」兩字其實已經點出了現在的不幸是由前世的業報所造成的（又或現在的幸福是因前世造福而來，但主要用以說明現況不幸的原因）。因此，「何の因果か」或「何の因果で」可用在「何の因果か、こんなろくでなしと結婚することになってしまった」（究竟是什麼因果報應居然跟這個窩囊廢結婚），或是「何の因果で私が社長になったとたんに会社がつぶれてしまったのか」（究竟是什麼因果報應，為什麼我一當上社長公司就倒了）等例句。總之，「何の因果か」是無法在現存的真實世界裡找出明確的原因，又或深入追究的話可能最終得歸究於自己的疏失而不想查明原因時，就把一切怪罪於清白的前世或祖先這等未免過於逃避責任的說法。

念には念を入れる【ねんにはねんをいれる】再三注意

「念には念を入れる」是再三注意、一再重複確認的意思。跟意思相近的「念を押す」比起來，後者是叮囑糊塗蛋對方的行為，而「念には念を入れる」則是應該用來提醒明明就掛在頭上還像個呆子一樣到處找眼鏡的自己。這世上再也沒有比糊塗的自己更信不過的人，因此光是「念を入れる」（嚴加注意）還不夠，得再加個「念には」再三確認才行。

触れ合い【ふれあい】與人交流互動

「触れ合い」是相互碰觸，亦即彼此接觸（touch）的意思，主要指心靈之間的交流，而不是一群痴漢在電車裡比誰摸得多。在人際關係薄弱的現代社會裡，許多人在追求心靈交流的同時又謝絕深度的關係與交往，因此這個詞裡含有像是旅途中遇見親切的人那樣極為普通的交往程度即可的感覺。

法螺を吹く【ほらをふく】吹牛、說大話

「法螺を吹く」是指誇口說些誰都知道是不實的謊言，或是窮酸的男子像痴人說夢般講述「這次的工作將有十億日圓的收入」的行為。「法螺」是海螺的意思，這種貝類做成的號角吹聲響亮可以遠聞，因而被深山裡修行的僧侶拿來做為相互聯絡的手段，也可取代喇叭成為軍隊進軍時的號角。「法螺を吹く」由此比喻人說大話的行為就像吹法螺一樣。所吹噓的內容通常是不會對任何人造成傷害的無聊謊言，而帶有惡意的謊話則像是在耳朵裡插根吸管一樣小小聲地灌進耳裡。

本腰を入れる【ほんごしをいれる】

鼓起幹勁、這下要來真的了、正式開始認真努力

「本腰を入れる」的「腰」就跟「けんか腰」（氣洶洶地要打架的樣子）、「弱腰」（よわごし，膽怯畏縮）的「腰」的用法一樣，是指做什麼事的時候所採取的姿勢、心理準備的意思。「本腰を入れる」由此引申為在工作或推行政策之際，從某一時點開始認真努力的意思，亦即自白在此之前未積極行事、偷工減料的行為。

身につまされる【みにつまされる】

感受良多（表同情）

「身につまされる」是對於他人不幸的遭遇能感同身受而感到同情、憐憫的意思。「つまされる」是「爪さる」，被擰捏（つねられる）的意思，因此「身につまされる」是把他人的情境套在自己身上，用來比喻感同身受的意思，譬如「あの人の厳しい生活を見ていると身につまされるね」（看到那人困苦的生活令人感到同情）等。然而「身につまされる」終究只是被擰了一下（つねられる）的程度，感受不是那麼切身，同情和憐憫之情也不過一般而已。

冥利【みょうり】

（外人體會不到的）滿足、幸福感。（無意中得到的）恩惠。（佛）善報

「冥利」從字面解釋的意思是，從那個世界（＝冥）來的福報（＝利）。基於佛教因果報應的思想，「冥利」指的是因行善得到神佛保佑而被賜予意想不到的好處。一般而言是用來指因為處於某種立場、地位或職業而獲得的恩惠，可以「○○冥利に尽きる」這樣的說法來表述，譬如演員接受觀眾大聲喝采時會以「役者冥利に尽きる」來表達「這個滿堂彩是身為演員所能獲得的最大的恩惠（幸福）」。由此可知「冥利」指的是無法用金錢換得的深厚恩惠，而任職於建設官僚在退休後還能被分派到其他建設公司坐享高階職位，或是身為節目記者能因職務之便品嘗免費的高

級料理等吝嗇小惠，只能用「因工作關係得到好處」的「役得（やくとく）」這等小家子氣的言詞來形容。

黙殺【もくさつ】不理、不睬、不聽

「黙殺」是對於意見或提案等採取無視的態度，而不是殺手默不張聲（沒喊：我要殺了你）就幹掉對方的意思。「黙殺」這個詞的語意裡含有，那個意見或提案因為有著相對重要或是不利於自己的地方而故意無視其存在，不予理睬的意思。這說明了作者拼命寫出來提交給上面，卻幾乎沒人過目就直接被丟進垃圾筒的那些企畫書，連被「黙殺」的價值都沒有……。

割に合わない【わりにあわない】划不來

「割に合わない」可用在「割に合わない仕事だ」（不划算的工作）等，指的是成果跟投入的勞力比起來顯然不足，亦即辛苦卻只能換來微薄的報酬，或是拼命工作卻賺不到錢的意思。「割」是某個數量和其他數量之間的關係、比較和平衡的意思，就像這裡是以勞力和成果互做比較，用來表示某種行為、狀態跟所預期應有的成果做一衡量、比較之後的結果。因此，「割に合わない仕事」是看起來好像能賺大錢，在用力做了之後卻發現如此辛苦的代價只換來那麼一點報酬，真是划不來的工作，但這也是世上常有的事（這種工作到處都是）。這世上大概只有公務員的工作是「割に合う」——划得來——的職業了吧。

もの思い【ものおもい】思慮、憂慮

「もの思い」的「もの」指的是無法確實指名究竟為何的事物，因此「もの思い」是心裡一陣胡思亂想，或看起來像想著一些不著邊際的事的樣子。不過，咱們的「もの思い」也不真是那麼拉拉雜雜地不著邊際，以一個被人吹捧有幾分妖豔而把這事掛在心上的歐巴桑來說，心裡想的大概不出男人兩個字，而一般的歐巴桑所思慮的大抵是今晚飯桌上的菜色。

「もの思い」可用在「もの思いにふける」（耽於沉思）、「もの思いに沈む」（陷入沉思）等，指的是思緒為什麼所困而感到苦惱或看起來難受的樣子，而那種感覺心裡有事而耽於沉思的表情又散發出許幾魅力的意思。因此，內心想著晚上要做什麼菜的歐巴桑，如果不擺出一副像是惦記著小鮮肉（年輕男子）般鬱悶惆悵的表情，輕聲嘆息的話，很難用「あの人は、もの思いに沈んでいる」（那人正陷入一片沉思之中）來形容之。

第5章

在激烈的商務戰場中求生的關鍵字

重視和諧的日本人從以前就很不善於爭論，跟中文的「討論」、「辯論」相當的和語（日本固有語言）大概是「話し合い（はなしあい，商量）」了吧，和海外用言語交戰的爭論情形相較之下，「話し合い」的感覺是那麼敷衍了事。不論是事前決定雙方都能接受的妥協點（落とし所），還是利用擱置（棚上げ）或延後（先送り）的方式把結論留待下次決議的作法，都是日本特有用來迴避不擅長之爭論行為的處理方式。

即使在大聲疾呼全球化的這幾年來，日本傳統習慣似乎仍根深蒂固地殘留在商務世界裡。

與其說這人是被當成王牌，

不若是拿到一張「亡」牌

アポなし【あぽなし】沒有事先約定

「アポなし」的「アポ」是「アポイントメント」（appointment）的簡稱，會面等約定的意思。「アポなし」則是沒有事先約定的意思。

因商務談判需要前往對方公司的時候，一般來說會事先跟負責人約定，亦即取得同意並約好會面的時間等。然而，利用「剛好有其他事來貴公司附近……」等藉口突擊訪問的話，有時反能順利哄騙毫無防備的對方，得到意想不到的收獲。此外，出身令人猜疑的公司，販售可疑商品且根本就不會事先約好的業務員，以及虎視眈眈緊盯著政治家、藝人，找機會揭發醜聞的八卦記者等，也經常採用直接登門拜訪或突擊採訪的手段。

不管如何，沒有事先約定的攻擊，都是瞄準了對方尚未做好準備的時點，以求得對我方有利的發展，因此軍隊準備襲擊恐怖分子的秘密指揮所或是警察進行住家搜索的時候，通常採「アポなし」的手法，不會一個一個打電話確認對方的意向（幹這種事的就叫內奸）。

沒有事先約定就突然
闖進來是不禮貌的行為
現在起
要襲擊你方，
拜託了

悪しからず【あしからず】請原諒

「悪しからず」是請別見怪的意思，例如：「ご意向に添いかねますが、悪しからずご了承ください」（雖然無法符合您的期待，還請見諒）等。也就是在做了或說了讓對方感覺不快的事後仍不當回事，厚臉皮地要人忍氣吞聲接受時可派上用場的說詞。

勇み足【いさみあし】因得意忘形而失敗

「勇み足」是相撲的招式之一，指的是以壓倒性優勢把對手推到場邊的力士反而不小心把腳給踏到摔角場（土俵）外的情形，亦即莽撞力士的自滅招式。在商務場合等也有好不容易交涉順利進行到一個地步，卻因愚蠢的員工在顧客那裡得意忘形地說了不該說的話導致生意泡湯的情況，這時便可用「あいつの勇み足のおかげでおじゃんになっちゃった」（拜那傢伙得意忘形敗事所賜，這次的案子泡湯了）來形容之。

在相撲比賽裡「勇み足」是難得一見的糊塗招式，卻是日常生活中相對普遍的錯誤，尤其是不管做什麼事都喜於「一人相撲（ひとりずもう，唱獨角戲）」的傢伙最容易犯的錯。

異論【いろん】異議、不同意見

「異論」是不同的意見，卻不單純只是意見不同，而是像「異論がなければこの案で進めます」（如果沒有異議的話就以這個方案進行）、「計画に異論を唱える」（針對計畫提出異議）、「異論をさし挟むようだが……」（我有異議……）等用法一樣，是出於討厭某個意見的提案人而加以反對，或是為了阻撓某個好像會順利通過的提議，又或對某個實在很棒的意見感到懊喪，進而想從中挑毛病等，多屬不成熟的意見。對於某個意見所提出正當反對言論的稱之為「反論」（反駁），而認為我方提出的意見更好，希望能被採納時所提出來的就叫「対案（たいあん）」（異案）。

インスパイア【いんすぱいあ】

鼓舞、賦予靈感

「インスパイア」是，以意指「「吸入空氣」」的拉丁語為語源之英文「inspire」的日文發音，現代則有著什麼東西被吹入體內的意思，而這個「什麼東西」指的多是能帶給人活力、激發幹勁，也就是如同營養補給飲品般的視覺資訊、語言資訊等。譬如在「高中棒賽選手一看到女朋友站在觀眾席，頓時精神百倍，勇猛擊出一記全壘打」的故事發展過程裡，女友的身影映入眼簾的那一刻，對該選手來說就是受到激勵，「インスパイアされた」。

此外，在藝術和音樂創作領域裡，「インスパイア」指的是所抄襲的素材在耳邊喃喃細語「模仿也沒關係哦」，以致本人硬說這是「靈感來了」的現象。

另一個意味著基於什麼樣的刺激而激發本人幹勁的詞為「インセンティブ」（incentive，動機、獎金），但「インセンティブ」指的是為激發人的幹勁而以人為誘餌做為獎勵的行為，或是那個誘餌本身；如果那個誘餌不是出於人為，而是感覺像上天所賜與的情況下就是「インスパイア」。就前述棒球選手的例子而言，如果團員裡有人說：「那傢伙是個傻蛋，只要找○○醬（ちゃん）來加油的話，肯定會拼命努力」而串通女友把她找來的情況下，女友便成了人為誘餌的「インセンティブ」。

インセンティブ【いんせんてぃぶ】

動機、獎金

「インセンティブ」是從意味著刺激的，或是刺激、鼓勵的英文「incentive」而來的外來語。在商務用語

來說，指的就像訓練狗學習某種技藝時餵狗吃東西的舉動，或是所餵食的誘餌。也就是經銷商為汽車銷售人員（好比作者家裡怎麼也學不會握手的笨狗）製定每賣出一台就可獲得獎金的制度（每成功握手一次就餵牠吃一口愛吃的牛肉乾），或是所分發的獎金（牛肉乾）。

上様【うえさま】

台照（收據上代替對方姓名的稱呼）。（敬）對身分高的人的稱呼（如天皇、將軍等）

「上様」是對身分高的人的尊稱，在很久以前是用來稱呼天皇、將軍等高層（トップクラス）人士，原來好像是唸成「じょうさま」。近年這個稱呼成了開給不想告知對方名稱的可疑人士收據裡的萬用抬頭。「上様」畢竟是在下位者對在上位者的尊稱，因此在上位者絕不會自稱是「上様」，只有被問到收據抬頭要寫什麼時，那種可疑人士才會不在乎地以讓人感覺你算老幾（何様，なにさま）的語氣說：「上様にしといて」（就寫「上様」吧）。

うまみがある【うまみがある】

有利可圖、有油水（賺頭）

「うまみがある」的「うまみ」是味覺的要素之一（鮮味），或指食物美味的程度，但在這裡是把商業交易裡的「儲け（もう）」（賺頭）和「利益（りえき）」（盈利）比喻成食物的美味。由此，「うまみがある商売」指的是輕鬆就能大賺一筆，或事實上不能大聲張揚但可大撈一票的生意。

落とし所【おとしどころ】

糾紛或協商的妥協點、雙方都能接受的歸結點。

「落とし所」指的是針對意見對立而尚未有著落的擱置事項，綜合出可取得參與者妥協的內容，以終結懸而未決的擱置事項時的案子落地的落點（整理出來的內容或說服參與者的方式）。在日本，這個「落とし所」很少是在會議等場合裡經熱烈討論的結果歸納得來，而是在事前經由協調與模索，亦即所謂的「根（ね）

回し（まわし）」（事前疏通）取得結論，等到實際的會議場合裡多已塵埃落定（落とされている）。

キーマン【きーまん】關鍵人物

「キーマン（key man）」又可稱作「キーパーソン（key person）」，意指組織裡重要的人物、中心人物，尤指每一場商務談判、交涉裡，只要事先掌握好其動向，其他雜七雜八的人就算不予理會也不會有問題的最重要人物。舉例來說，和日本進行政治交涉的時候必須事先掌握的關鍵人物即為美國總統。

機会均等【きかいきんとう】機會均等

「機会均等」是倡言「人類生而平等」時一定會伴隨而出，像是用以辯解的但書，同時也是催生諸多不平等結果的原因。「機会均等」是人人在權利與待遇等方面享有無差別平等對待的意思，因此不管偏差值（學力檢測的數值）再低都能自由報考任何一家大學。吾輩身為人的「結果」本來就「不平等」，因而必須先接受「機会均等」做為社會運作方針，不得不讓每個人都有參與機會的這個事實。

気配り【きくばり】多方注意、照顧

三十年來一路關懷
真歹勢
託各位的福，社長的寶座已經臨門在望了。

「気配り」是關懷、關照的意思，指考量到對方潛在需要、心理狀態和事情發展、現場的氣氛等進而討對方歡心的行為。一般認為，在所有的業界裡即使沒有符合工作要求的資質，只要有「気配り」的才能就能成功，是可廣泛應用且做起來也舒服的行為。

逆風【ぎゃくふう】逆風

「逆風」是和行進方向迎面對著的風，即阻礙帆船航行的風。跟「逆風」意思相同的還有個叫「向かい風」的詞，但「逆風」有著風勢更強的印象，在人類社會裡也以「逆風」或「逆風にさらされている」（逆風撐船）來形容遭遇強大的反對勢力或抵抗以致事情無法稱心如意發展的狀態。這些反對、抵抗勢力是以永不枯竭的嫉妒、醋意、仇恨或是死守既得利益等天然資源為原動力，無法輕易破風前行也是想當然耳。

競争社会【きょうそうしゃかい】競爭社會

「競争社会」意為講究和他人之間勝負優劣的社會，即眾人朝向一般目標展開競爭的社會形態。

在重視如農村社會般協調與合作關係的日本，表面重視「不要為了在競爭中勝出而奪取他人地位」的傳統，因而一踏進現實競爭社會的時候，也有不少因為不了解如何設定達成目的的目標而出走去尋找自我，或偽裝自己不要顯露出奪取他人地位的野心等感到侷促不安的人。

切り札【きりふだ】王牌、最後的招數

「切り札」是撲克牌遊戲裡留在手上準備在關鍵時刻出手的王牌。有人說該稱呼是因為這是終結牌局的牌，也有人說是從「限り札」轉變而來，在英文就叫「trump」。放眼運動場或商場上的勝負與競爭社會裡，「切り札」指的是在關鍵時刻所投入的有力人手或手段。然而，以「ここはわが社の切り札にご登場願おう」（這時就請出我司的王牌）的形式被請出來的人才，也有不少是到最後得承擔責任，被摒棄的「捨て駒」（棄子），用「切られ札」（犧牲牌）來比喻更為洽當。

最善策【さいぜんさく】最上策

「最善策」是指從解決某個問題的幾項方案裡，排除沒有意義的提案之後所殘留的平凡對策。因為如果是能確實解決問題的，就稱之為「解決策」（解決方案），因此當對方以「これが最善策です」（這是最上策）的說詞提示對策的時候，就要有所覺悟：問題解決的可能性很低。

先送り【さきおくり】延後

「先送り」是日本人面對棘手的問題、議案時所採取的解決方法之一，指的是以忙碌為由或推說有其他最優先的課題需要搞定，而中斷處理問題、議案的對策或議論，且未明言何時才能重新啟動的情況。其目的在於等待時間經過的同時，不知不覺地社會狀況和人的心緒都會產生變化、忘卻事情或失去新鮮感等，屆時問題和議案本身的重要性也會變得薄弱。（請同時參考p107的「棚上げ」）

諸般の事情【しょはんのじじょう】各種情事

「諸般の事情」意指各式各樣的事情，經常被拿來當作藉口使用，譬如：「ご依頼の件ですが、諸般の事情により完成が遅れております」（您所交辦的事情因萬般諸事而拖延了完成的時間）等。這裡的「萬般諸事」可能包含了「對方所委託的工作酬勞不多，划不來的關係而延後處理」或是「負責對方工作的我司人員因無能又不想做事（才會發生拖延的情形）」等事由在裡頭，一一說明的話只會惹對方生氣，因而用「諸般の事情」這種無礙的說詞企圖掩飾過去。

捨て駒【すてごま】

（象棋裡為求實利或勝勢而捨棄己方子力）棄子

「捨て駒」指的是象棋對奕裡為了求得有利的發展而故意讓對方吃掉的棋子，用來比喻著眼於日後重大的利益而在現在這個時點所做的犧牲。在有機會取勝的戰役裡，所有下層的士兵都是為勝利之名犧牲的棋子，反之在看似無望的戰役裡，這些士兵則成了為保有在毫無勝算的情形下仍指揮突擊前進之主導者的面子而被犧牲的棋子。

且說那位被期待成為「わが社（しゃ）のエース」（公司王牌）而進來公司的仁兄「あなた」（對，就是「你」），如果上司在看了你的工作態度之後臉色愈來愈難看而對你說：「きみはわが社の切り札だから、いざというときに存分（ぞんぶん）に働（はたら）いてもらう」（因為你是公司的王牌，可在關鍵時刻充分為公司效力）的時候，就表示你已經開始被「棄子化」（捨て駒化）了。

此外，如果是黑心企業的話，會用彷彿在說「員工隨時都可替換，再找就有」的態度，一開始就把員工視為棄子，因此在面試的時候要特別留意那些以高度期許的姿態鼓舞面試者不加思索就進來上班的企業。

責任者【せきにんしゃ】負責人

「責任者」指的是對於某件事情或行為的結果，負有義務或賠償責任立場的人。換句話說就是不存在日本的人。

想定外【そうていがい】出乎意料之外

「想定外」是在設想之外、超乎意料的意思，指的是實際發生的事態超乎自己所能預料的，亦即承認自己無能預測該事態的發展。

然而還有一種可能性是，即使已經預料到情勢發展卻未加以處置的情形，這時「想定外」便成了掩飾過失（也就是說大謊）的作用。

雖然後者的罪行比較深重，但兩者的差別不過在於，一個是「單純的笨蛋」，另一個是「缺乏執行力和勇氣卻很會說謊的笨蛋」。不論哪種，「想定外」等同於宣稱自己無能的這一點是不會變的。總之，「想定外」是在盤算與衡量得失之後，認為與其承認自己的罪過和過失，還不如承認自己是個笨蛋來得比較無害的用語。

速攻【そっこう】快速進攻

「速攻」本來指的是運動比賽時看準對方的漏洞快速展開攻擊的行為，一般是用在希望所託付的工作或訂購的商品能在短時間內完成的情況，可以「速攻でお願いします」的說法來囑咐對方加快處理，也就是「早くやれ」你趕快給我做的意思，在這裡用體育用語來表達的話可以緩和強迫命令的語氣。

最近還出現一種表達類似意思的說法叫「なるは

や」，是「なるべく早く」儘快的意思，程度上不像「速攻」那麼急迫。話是這麼說，只要對方是有力的客戶，不管對方用多麼隨便的口吻吩咐儘早處理「なるはやでお願い」，都得用快攻的方式迅速處理才行。

その場しのぎ【そのばしのぎ】

權宜之計

「その場しのぎ」是擺脫當下的困境的意思，指的是針對必須解決的問題施以應急措施之後，便採一旁注視事態發展的姿態。至於被施以緊急處置的患者是自然痊癒，還是就這麼蹺辮子了，就只能看個人運氣了。

「その場しのぎ」雖然比「先送り」、「棚上げ」等利用拖延或束之高閣的方式完全棄置不管（不著手處理）來得好，但是在冀望問題本身能隨時間流逝自然獲得解決，或是等待時間過去被人遺忘的點上則大同小異，都不是根本的解決之道。

棚上げ【たなあげ】

擱置。暫存不賣。表面尊敬、實際忽視。

「棚上げ」是日本人遇到棘手的問題或議案時的解決方法之一，指的是把那個問題或議案給塞到架子後面手搆不著的地方（束之高閣），讓全部的關係人能無視其存在或假裝忘了有這回事。其目的在於等待時間經過的同時，不知不覺地社會狀況和人的心緒都會產生變化、忘卻事情或失去新鮮感等，屆時問題和議案本身的重要性也會變得薄弱。（請同時參考p104的「先送り」）

ダブルブッキング【だぶるぶっきんぐ】

雙重預約、座位超賣

「ダブルブッキング」指的是在飛機上或戲院裡等，自己的位子被預約在某個不認識的人的大腿上的情形。雖然作者覺得那樣也無所謂，但是被坐在大腿上的人可能會怨聲連連吧。

在飛機等情況下，用抱怨來反映座位超賣的問題有時可獲得升等高級座艙，因此在坐到別人腿上之前最好先找空服員抱怨幾句（註：到目前為止的解說當然是半開玩笑的，身為好孩子的各位讀者，就算手上的座位跟漂亮的姐姐重複了，也不可超開心地坐在人家腿上哦）。

此外，「ダブルブッキング」也指根本沒那麼忙的傢伙指著行事曆說同一天同一個時段有約會重複了而感到苦惱的狀態。那種傢伙的工作說穿了根本就不值得煩惱，很簡單就能把其中一個約會往前移或往後挪，那人煩惱的是應該把哪個工作給取消才能偷個懶。

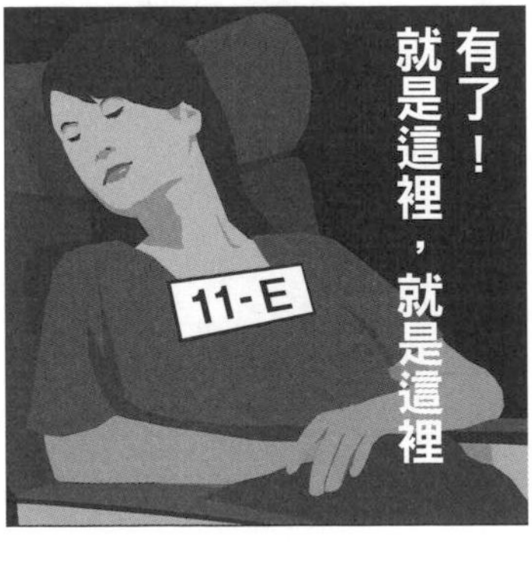

帳消し【ちょうけし】銷帳、清帳。抵銷。

「帳消し」指的是請款金額已入帳而結清帳目，勾銷帳面紀錄的情形。一般用來指計算得失之後損益兩平（正負相抵為零）的狀況，例如在商務場合裡可聽到「彼は自分のミスを帳消しにする働きをした」、「あいつのミスのおかげで、おいしい取引相手がなくなって、何もかも帳消しだ」等說法，前者指的是「他已經想辦法挽回自己所犯的過錯」，結果從負的變成零，後者是「因為那傢伙的過失而失去了原本有利可圖的交易對手，萬事休矣」，結果從正的變成零。就結果而言，兩者都是不賺也不賠，但是前者因為努力挽救而獲得正面評價，後者卻被嚴厲批評為是既無能又沒用的傢伙，搞不好還會被逼入遭降職處分或丟了工作等不合理的狀況。因此，吾人可以從「帳消し」這個詞得到一個教訓是，要犯錯的話就要先行為快（但是對於無力也無意挽回過失的傢伙來說，就沒有所謂先後的問題了……）。

ひとり相撲【ひとりずもう】唱獨角戲

「ひとり相撲」是指獨自一人比相撲，該詞是從神社祭典儀式裡一人獨自與精靈比相撲的姿態看起來好像自己一個人在模仿相撲比賽的樣子而來。

「ひとり相撲」做為慣用語是形容不借助任何人的幫忙，獨自一人埋首於工作或運動比賽而不融於周遭的狀態。因為成敗得失都是由一人來扛，似乎要輸要贏都能自由自在不受拘束，但一般來說這個詞是用在單獨奮鬥的結果以輸家收場的情況下。舉例來說，如果有人說：「今回のプロジェクトはあいつのひとり相撲だったな」（這次的專案都是那傢伙在唱獨角戲），其言下之意便是：這次的專案都是因為那傢伙無視於夥伴存在，一頭熱地擅自行動，令人無法掌握才會泡湯，再也不想和那人一起做事了。

前向き【まえむき】面向前方。積極。

「前向き」其實是「後ろ向き」（背著臉、傾向於保守、消極）的意思。在對方對自己的提案表示：「前向きに検討させていただきます」（我們會積極考慮）的時候，經常有人把這話當真，以為對方將積極、肯定且建設性地思考本人提案的內容，但如同一開頭所定義的，這是表達了消極、否定和傾向保守的心態，千萬不可抱著過大的期望。

暫且把玩笑話放在一邊，「前向き」是面向前方的意思，該慣用句因而經常被用來形容積極的、具建設性的姿態。然而仔細想想，「前向き」並非指「前進」，不過是表述「面向前方」或是「看著前面」的意思。也就是說，心態是積極向前的，但是否實際採取行動仍然是個未知數，因此也不能否定心態是積極的但行動是趨向保守的可能性存在。這麼說來，用「前向き」來表現「後ろ向き」的心態也不是完全錯誤的語法（註：哦哦，不行、不行，想追求國際化可不能用這種曖昧的表現方式）。

關於這件事且讓我方積極研究看看……
怎樣都好啦
※面向這裡發言啊！

マニュアル世代【まにゅあるせだい】

照本宣科世代

「マニュアル世代」是指當事情按照手冊所寫的一樣順利運行的時候都沒有問題，一旦遇到偶發情事就無法臨機應變的世代。這是沒有像手冊一樣的東西可供參考，只能在不懂得如何指導也無心要教的上司或前輩的連說帶罵中被迫學習工作技能的老一輩人對年輕世代的羨慕稱呼。

雖然年輕世代並不像老一輩們想得那樣依賴手冊，但可以確定其與老一輩不同的是，他們是「只要看手冊就能理解的世代」。

見積もり【みつもり】估計、計量

「見積もり」是針對建築營造工事等計畫所需的費用做事前的估算。該計算結果雖然會以報價單的形式提供給客戶，但如果是已經確定可以收單的計畫的話，就會盡量報高一點，免得客戶之後講東講西地故意挑毛病殺價造成損失；如果是還不確定能否收單而且有競爭對手存在的話，通常會盡量報低一點，等計畫進入實施階段再利用各種藉口抱怨，要求客戶追加費用即可。

脈がある【みゃくがある】

還有脈搏。還有一線希望。

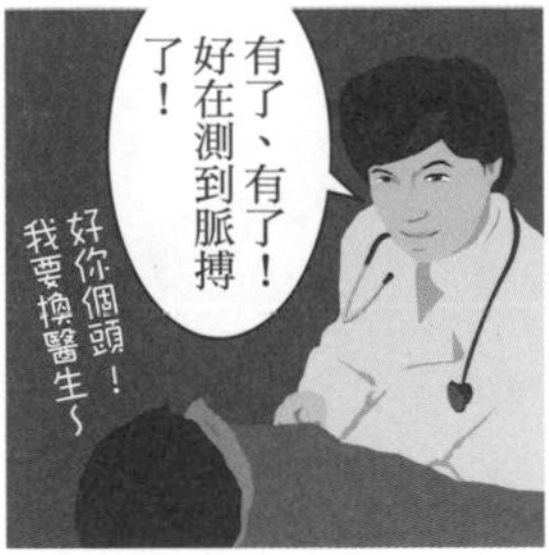
有了、有了！好在測到脈搏了！
好你個頭！我要換醫生～

「脈がある」是指還有脈搏，也就是還活著的意思。對於明顯看得出來還活著的人沒有必要特意確認其脈搏是否仍在跳動，因此這句話是用在「搞不好已經死了的人」身上，表達對方還活著——まだ生(い)きている——的意思。

「脈がある」做為慣用句是指將來還有希望的意思，例如：「彼の仕事ぶりを見ていると、まだ脈があるな」（看了那人的工作態度之後覺得好像還有救）、「あの会社との取引だが、まだ脈はありそうだ」（跟那家公司的生意往來或許還有一線希望）等。不論是被周圍的人看成是無三小路用，眼看彷彿就要被砍頭的傢伙，還是拜傻蛋員工所賜告吹在即的生意，在這裡都跟「搞不好已經死了的人」一樣，其實還「活著」，亦即用來表達意外地也不是那麼糟、只要努力搞不好還有一線希望的意思。

私としたことが【わたしとしたことが】

像我這樣的人……（在闖禍或是失敗時對自己的行為感到意外時的發語詞）

我、我、像我這樣的人……
正因為是像你這樣的傢伙，事情才會變這樣，不是嗎？

該慣用句可用在「私としたことがこんな大失態を犯してしまって……」等例句，指的是在失敗或闖禍的時候以「像我這樣的人居然犯下如此重大的錯誤……」來示意「像我這樣平常不會犯這種錯誤的人居然……」，是相對高估自我的說法。而聽到這話的人心裡通常會想：「正因為是像你這樣的人，事情才會變這樣的吧！」

第6章

奇怪的語源、可笑的誤用、滑稽的日語選集

有識之士感嘆日語變得雜亂無序，不過換個角度來看，正因為有了過去亂了又亂的結果，才有現代日語的出現也說不定。舉例而言，「一生懸命」（いっしょうけんめい）這個詞原來是「一所懸命」（いっしょけんめい），但「一生」的用法從江戶時代便已存在，現代也以該用法佔優勢。

雖然維護語言本來的意思和用法是很重要的事，但是會發生誤用、誤解詞意也是有其道理的，有些便積非成是地反成了正確的日語。

宛如阿修羅

我搞砸了

齷齪【あくせく】小心眼、處心積慮、煩惱。忙忙碌碌。

「齷齪」是形容小家子氣，沒有閒心的樣子，也是無憂無慮決心退休安閒度日的傢伙拿來諷刺他人「幹嘛為生活如此忙碌奔走」──何をそんなに齷齪働いてるの──惹得對方惱火的說詞。

這個寫成「齷齪」理當讀做「あくさく」的複合詞裡「さ」的發音變成了「せ」，讀成「あくせく」。「齷」和「齪」兩字幾乎不例外地只用在「齷齪」這個詞，而且好像原本都是指牙齒小或齒縫小的意思，而這似乎也是「齷齪」的原意，並從這層意思轉而引申為度量小或是見識短淺。即便如此，還是令人想不透為什麼要為了形容牙齒小或齒縫小而特別發明出這個詞（是因為以前有很多人牙縫都很大的關係？）。搞不好是先有心眼小、心胸狹隘的意思也說不定。

此外，中文裡「齷（ㄨㄛˋ）」「齪（ㄔㄨㄛˋ）」兩字好像也只用在「齷齪」一詞，除了有「限於狹隘、拘於瑣碎」的意思外，也有「受到汙染、不乾淨」的意思。這麼說來，在過去牙齒小而緊密排列的傢伙似乎被認為是既骯髒、度量小又性格不好的人，得像兔子一樣有對吸睛的大門牙（最好還是分得很開？）的傢伙，才算得上乾淨、有膽識且個性落落大方吧。

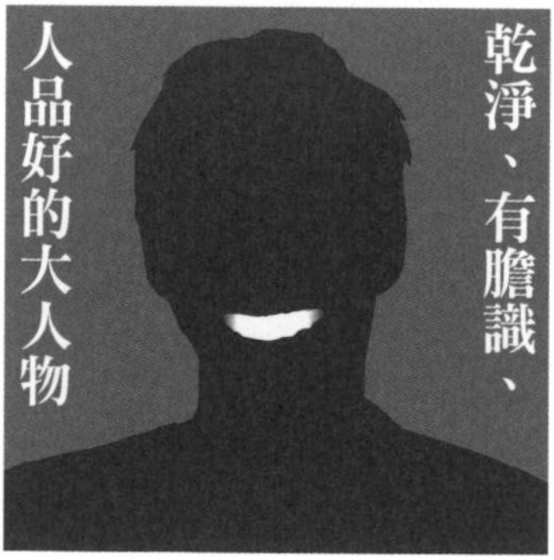

いたちごっこ

【いたちごっこ】小孩互相捏手背玩的遊戲。（雙方無謂地重複同樣的事）毫無進展、得不到解決。

「いたちごっこ」是比喻好像一場沒有結束的追逐遊戲一樣……就像某種遊走法律邊緣的藥草被法令限制之後又會流行新的藥草的情況。「いたちごっこ」其實是個兒童遊戲的稱呼，玩法是一邊唱著「いたちごっこ、ねずみごっこ」（鼬鼠扮家家、老鼠扮家家）一邊捏著對方的手背往上疊。感覺好像是個過於無聊的遊戲，以致現在幾乎沒人知道怎麼玩，徒留成為慣用語的名稱。然而，也許是有太多像遊走法律邊緣的藥草這樣的例子（主要是壞事），讓「いたちごっこ」成了吾輩甚為熟悉的扮家家酒（ごっこ）遊戲。

一生懸命

【いっしょうけんめい】拼命

「一生懸命」是指拼命致力於某事的姿態。原本寫成「一所懸命」，意指中世的武士拼命守護被賜與的領地，到了近世中期左右「一所」開始被誤用為「一生」而有了「一生懸命」的說法，也成了現在普遍的用法。

從字義來看，「一生懸命」已經不太能感覺出「一所懸命」所指「全力投入一件工作、集中於一點」的意思，反之「イッショウケンメイ」又比「イッショケンメイ」聽起來感覺更認真（也許是因為「イッショ」會跟大家一起的「一緒（イッショ）」搞混的關係）。然而，大家嘴裡說著「一生懸命に頑張ります」要拼命努力，實際上很多時候不過是耍耍嘴皮子，因此作者認為不用這麼認真追究，事實上不管是用「一生懸命」還是「一所懸命」都沒關係，不是嗎？

うだつが上がらない

【うだつがあがらない】沒有出頭之日

「うだつが上がらない」的「うだつ」漢字寫成「卯建」或是「梲」。

前者的「卯建」又可唸成「うだち」，是江戶時代裡主要盛行於京都、大坂（一八七一年後大阪府將「坂」改為「阪」）地區商家的屋頂兩端所搭建架，有小屋頂形成卯字形的牆壁（亦即散發出雄偉、有錢人家感覺的裝置），兼具防火與身分的象徵。從這層意思來看，「うだつが上がらない」是即便再怎麼稱說是「大器晩成」（たいきばんせい，大器晚成）型的，仍感覺不出能成就大事業的傢伙。

另一個「梲」是指日式建築裡用來支撐屋頂的梁上短柱（即中文的「梲，ㄓㄨㄛˋ」），從這裡衍生出來的「うだつが上がらない」意指連自己的房子都沒有的不爭氣傢伙。不論何者，拿「うだつが上がらない」來解嘲自己和身邊喝得酩酊大醉的朋友的話，就不會有錯。

おざなり【おざなり】敷衍了事、應付

「おざなり」就像漢字的「御座形」、「御座成り」一樣，意味著粉飾當場（座）的形狀（形）。舉例來說，「おざなりの仕事」正適合用來形容遇到不景氣預算被刪減時所有電視節目、電影製作的情況——應「景」了事。而「おざなりの返事」是有朋友前來諮詢戀愛煩惱的時候，心裡明明想著「你幹嘛不乾脆分手算了」，還裝出一副同情友人的樣子時所表現出來的「敷衍應答」。

「おざなり」雖然跟「その場しのぎ」（權宜之計，請參考p107）意思相近，但「その場しのぎ」是針對緊急事項做出應急的措施，雖然無法解決根本的問題但至少先撐過當下情況的意思，而「おざなり」是用在不那麼緊迫，連應急措施也不加考慮就直接敷衍而過的印象。例如被討債的拿著槍頂著頭逼迫還錢的時候，向高利貸借錢周轉先還了這筆債務的做法是「その場しのぎ」。如果用的是「很快就會還錢了」這種敷衍對方的說法，肯定不是挨子彈就是被痛扁一頓，在這種緊急情況下很少會採取「おざなり」的處理方式。

おなら【おなら】屁

「おなら」是積在肚子裡的瓦斯外出時所打的招呼，而且在屁族裡是屬於自我主張很強的那一派，也就是會作響的屁。

「おなら」的語源是由吹奏樂器等的「鳴らす」之名詞形「鳴らし」，再加上接頭詞「お」的「お鳴らし」而來。從室町時代初期開始便已成為宮中女官所用隱語「女房詞」的用詞之一，應該是在不小心放屁的時候用來美化說詞的暱稱。

反之，沒有聲音的屁，也就是「透明屁」並沒有類似的說法，這是因為不小心放了之後只要佯裝不知道也就沒有找藉口的必要。

汚名返上【おめいへんじょう】挽回名譽

「汚名返上」是將寫著「我是不幸事件負責人」這等壞名聲的標籤交還回去，挽回名譽的意思。另一個在日語辭典裡找不到的用詞「汚名挽回」，則是混合了結果跟「汚名返上」近似的「名誉挽回」而來，這是由先退返汙名、後挽回名譽（等同回到清白的狀態）的程序縮編而來的成語，並非誤用。但好像也能取其字義，直接想成是把惡名給取回，用在成功逃過一劫，遊走法律邊緣的政客卻栽在另一個醜聞的例子（雖然這才是誤用）。

折り紙付き【おりがみづき】有保證的、可靠的。著名的、有定評的（可用於好壞兩方面）。

「折り紙付き」的「折り紙」指的並非兒童的折紙遊戲，而是書畫、骨董的鑑定書。「折り紙付き」即掛保證（附上鑑定書）的意思，但實際上就算沒有附鑑定書，「折り紙付き」也用來指由那個領域的權威、鑑定士所認定和被認定的東西，或是被保證絕對不會錯的事情以及受保證的人與物品等。也就是說，個人即使不相信那個東西的價值或是對象人物的才能，但仍相信與尊重他人所掛的可疑保證，表達了世人含糊的價值觀。

書き入れ時【かきいれどき】旺季

「書き入れ時」是指批發玩具給聖誕老公公工會之玩具批發商的聖誕節時期，或是旅館和飯店等用高於平常甚多的價位提供住宿的時期，亦即生意興隆的時候（旺季）。從「かきいれ」的發音讓人聯想到把散亂一地的東西收集起來放進袋子的「搔き入れ」，感覺很符合商人貪得無厭汲汲於財富的形象，但這裡的「かきいれ」其實是把銷售金額記入帳冊的「書き入れ」。以盛行電腦輸入的現代來說，也許應該說成「入力時」或是「打ち込み時」才是，不過以用詞來說，果然還是跟商人貪婪搜刮模樣重疊的「かきいれどき」最合適。

侃侃諤諤【かんかんがくがく】直言不諱。形容熱烈辯論的模樣。

「侃侃諤諤」的「侃」是剛直的意思，連用兩字「侃侃」是加強其意；「諤」是直言不諱的意思，同樣地「諤諤」也是用來強化其意。因此「侃侃諤諤」本來是指毫無顧忌地主張對的事情、直言不諱的樣子，但也許是因為很容易就和形容一群人喧嚷吵雜的「喧喧囂囂」混淆的關係，現在「侃侃諤諤」多用來形容一群人互爭自我主張，激烈爭論的模樣。

此外，作者對於「侃侃諤諤」這組漢字和「かんかんがくがく」的發音，感受到用一種氣洶洶要打架的態勢，針對麻煩而難解或是即使有結論也沒什麼幫助的話題，爭議不休的模樣。

金字塔【きんじとう】

金字塔。（喻）不朽的事業。

「金字塔」與中文的金字塔同名，從金字塔的形象引申出「ヒットチャート20週連続1位の金字塔を打ち立てた」（創下連續二十週擊出第一的輝煌紀錄）等例句來形容足以萬古流芳的豐功偉業。金字塔的稱呼讓人不由得聯想到用黃金堆砌而成、金光閃閃的錐形塔，但其實這個稱呼指的是「金字形的塔」。亦即這個「金」的字形因為跟pyramid（金字塔）的外形相似而被拿來使用，跟黃金的金沒有關係（或許多少有點意識到也說不定）。

日文的「金字塔」一詞很可能是直接引用中文對pyramid的譯文（註：資訊來源不明），雖然是擅自引用，但仍希望原產國能避免搞出這類煩瑣的意譯詞彙。

苦肉の策【くにくのさく】

苦肉計。被逼無奈之下所想出的手段

「苦肉の策」的「苦肉」意味著損傷自己的身體（＝「肉」），而「苦肉の策」本來的意思是藉由損傷自己的身體取信於敵人的計謀，典出中國古兵書《三十六計》戰術之一的苦肉計，文中列舉了把重用的家臣假以反叛者的身份，處以重大刑罰後再送往敵方當間諜的計策。

到了現代，「苦肉の策」指的是電視連續劇裡主角級的演員中途退出，只好改寫劇本的萬不得已之策或是窮極之下使出的奇策。苦肉計成功的話會被讚譽成是「肉を切らせて骨を断つ」，以自身的苦難帶給敵人更大打擊的冒死求勝戰術，但苦肉計終究只是策劃階段的計謀，在冷靜的第三者眼裡看來不過是萬不得已的計策，而實際在《三十六計》裡也把苦肉計歸類在敗戰計，是自家軍隊處於劣勢時使用的奇計。從這點看來，現代的用法也未必全然錯誤。

君子豹変【くんしひょうへん】君子豹變。

順應時代轉變調整自我。驟變、突然轉變。

「君子豹変」是典出中國《易經》：「君子豹變，其文蔚也；小人革面，順以從君也。」意指傑出的領導人一旦知善，會驟然改變過去的態度，日日從善見其美德。但現代「君子豹変」卻成了負面評價的用法，藉以批評因瑣事突然生氣，讓人不知如何是好的上司，或是蠻不在乎地收回前言厚顏廉恥的政客等。這似乎是起因於對「豹変」一詞的誤解，「豹変」並非指原本乖順的豹突然性情大作一口咬住小孩的頭，而是形容豹換了毛之後身上的斑紋變得更斑斕絢麗。另一個影響世人對「君子豹変」的認知由正面轉向負面的原因是，這世上被稱為君子的身分高貴人士或是人品好的，品格都明顯較以往的時代低落了。

再看到《易經》裡後半段：「小人革面，順以從君也」，是面對突然改變態度的君子，其部下仍一邊暗譏「又來了」，一邊表現出滿心順從君子的態度，反映出組織運作的實際情況。

下馬評【げばひょう】

社會評論、傳聞、局外人的推斷

「下馬評」是利害關係微薄的第三者所流傳的閒話或評論。「下馬」是從馬背上下來，江戸時代期間進城裡等訪問的人須在門前下馬的地方稱為「下馬先」，而「下馬評」指的便是在下馬處等主人歸來的侍者之間彼此交談的閒話。有個跟「下馬評」意思相近的詞叫「ゴシップ」（gossip，流言蜚語、八卦），但「ゴシップ」是以名流個人的隱私八卦為主，對照之下「下馬評」順其「評価」（ひょうか，評價）、「批評」（ひょう，批評）的「評」字，多為對某個人物或東西的評價、優劣排名等話題。例如，根本不會將大把銀子砸在賭馬等活動的傢伙們隨便交流意見，預測跑馬名次的話題裡頗有人氣的馬匹就是「下馬評が高い」。這種「利害關係微薄」（→不砸銀子）和「不負責任」（→隨便聊聊）的特色正是「下馬評」的精要之處。新聞媒體經常用一種上對下的觀點做「今回の選挙は下馬評ではA氏が優勢である」（根據世人的輿論，這次的選舉A氏處於優勢）等報導，讓人很想對那些媒體說：「你們的評論才是『下馬評』吧——忽視媒體的社會責任。」

喧喧囂囂【けんけんごうごう】

喧囂、吵嚷

「喧喧囂囂」是形容一群人議論紛紛、吵吵嚷嚷的樣子。「喧」是喧鬧、盛大的樣子，「囂」也是吵鬧喧嚷的樣子。這句成語和意為直言不諱、爭論自我主張的「侃侃諤諤」（請參考p118）的共通點是，除了讀音相似之外，兩者的漢字筆劃都複雜的讓人提不起勁來記住怎麼寫，因而經常搞錯。在贊成與反對的雙方始終堅持不讓步的會議上，最一開始是「侃侃諤諤」爭論自我主張的樣子，等到接近尾聲時所上演的奚落戰便成了「喧喧囂囂」。至於日本國會的會議等，反正從一開始討論的就不是什麼正經的議題，用「侃侃諤諤」或「喧喧囂囂」來形容都一樣，在這種想法下有人就把兩句成語混成「喧喧諤諤」，請注意這是錯誤的用法。

姑息【こそく】

姑息、敷衍

「姑息」是應付一時的情形、採權宜之計的意思，譬如：「姑息な手段をとる」（採姑息的辦法）等。然而，幾乎所有的日本人都把「姑息な手段」誤解成是卑鄙的手段或是狡滑的做法，在談話的雙方都誤解詞意的情況下，就會出現像這種誤用卻又不會齟齬不合的對話：「姑息なヤツだね」（真是卑鄙的傢伙↓『姑息』的誤用）、「ほんとうに姑息なヤツだ」（對啊，真的是個卑鄙的傢伙）。可能是因為「こそく」聽起來跟「こそこそ」（偷偷摸摸）、「こせこせ」（小氣）或是「小癪」（こしゃく，（因驕傲而）討人厭的）等詞彙的感覺很像，才會產生誤解的吧。

那麼「姑息」兩字的由來又是如何？經查閱大部分辭典的解釋如下：「『姑』是暫時的意思，『息』是休息，因此『姑息』是應付一時的情況」。「暫時」和「休息」究竟是怎麼變成「應付一時的情況」的，實在很難理解。再查閱其他漢和辭典時發現，「姑息」

好像還有字面上「女性和小孩」的意思。進一步看到中文裡的「姑息」除了有苟且偷安（その場しのぎ）的意思之外，也有溺愛或是採取寬容措施（放縱）的意思（這是因為「姑」和「息」是婆婆與兒子的關係嗎？）。既然這麼混亂的話，把「姑息な手段」解釋成「狡滑的手段」來使用也不會遭到他人指正，反而覺得這也不是什麼值得小題大作的事了。

小春日和【こはるびより】

小陽春暖和的氣候

「小春日和」的「小春」是農曆十月的別稱，相當於現代的十一月到十二月上旬左右。「小春日和」指的是那個時期暖和如春的氣候。如果你在早春的時候對那些有點了解日文而為此感到自負的傢伙說：「今日はのどかな小春日和ですねえ」（今天真是和暖的小陽春氣候），對方可會立即抓語病，興高采烈地賣弄淵博的知識說：「『小春日和』指的可是初冬裡像春天一樣暖和的氣候哦～」。

三昧【さんまい】

（佛）三昧。專心致志。任性、隨心所欲。

「三昧」是梵文「sam dhi」的音譯。原文的意思是將精神集中在某一點，達到心不散亂的境地。在日本大眾文化裡有「放蕩三昧」（ほうとうざんまい，浪蕩不羈）、「ぜいたく三昧」（盡享奢華）、「骨董三昧」（こっとうざんまい，迷戀骨董）、「カラオケ三昧」（熱愛卡拉OK）等說詞，是從梵文原意衍生而出，在名詞和形容動詞之後加上發濁音的「ざんまい」，意指「經常偏於某種傾向」、「耽溺於某事而無法自拔」以及「對（興趣等等）感到熱中」等，是很通俗的用法。其與宗教修行者所追求的三昧境界不同的是，吾輩的「三昧」很多時候是，當事人沈迷其中且感覺並無不妥，但在旁人眼裡看來總給與「不務正業」或是「把賺來的錢花在不正經的事物上」等負面評價。

さすが【さすが】就連……也都。不愧是、名不虛傳。

「さすが」是從古文的「しかすがに」（意為「就算話是這麼說」）變成「さすがに」之後去掉「に」而來，其含意除了保留古文的意思外，還多了「不違背期待」的意思並成為現代主要用法。觀賞知名藝術家發表的新作時，就算完全不了解其價值所在，甚至懷疑作品「難不成是平庸的劣作？」的情況下，只要一句「さすがです」（果然名不虛傳）就能圓滑地帶過場面，是個便利的說詞。

「さすが」的漢字寫成「流石」，典出《世說新語》裡「漱石枕流」的故事，該故事同時也是明治時代小說家夏目漱石雅號的由來。話說西晉的孫楚把隱居不仕的「枕石漱流」誤說成「漱石枕流」，友人王濟反問這種說法可無錯誤時，孫楚執意辯稱：「所以枕流，欲洗其耳；所以漱石，欲礪其齒」，意思是枕流是為了用水洗耳朵，漱石是為了用石頭磨利牙齒。孫楚的辯辭可不純然是靈光一閃，其來有自，是以傳說在聽到紛擾的俗事之後滌盡耳朵以求耳根清淨的人物——許由的故事為依據。也許王濟聽了之後大為讚佩（さすがにうまい！果然厲害），此後「漱石枕流（そうせきちんりゅう）」便簡略成「流石」而有了「さすが」名不虛傳的意思。但是拿「流石」做為「さすが」之假借字的好像是日本人，在中國對人說「流石（ㄌㄧㄡˊ ㄕˊ）」可沒人會因而飄飄然。

修羅場【しゅらば】

（說書、戲劇中的）戰鬥場面。血肉橫飛的戰場。

「修羅場」的「修羅」指的是阿修羅。阿修羅是出身於古代波斯帝國，隨著印度教和佛教傳入古印度而出名的神，其經歷與性格相當複雜，經常和印度教裡屬正義的一方之因陀羅（Indra，又以「帝釋天」之名活躍於佛教）交戰，是個人見人怕的惡神；在佛教裡阿修羅則變身為守護神，並以阿修羅道（六道之一）管理者的身分受到尊崇。

阿修羅和帝釋天展開綜合格鬥技王者爭霸戰的競技場就叫「修羅場（しゅらじょう）」，雖然不解雙方究竟用何方式對戰，也難以確認其目的是否為格鬥王的頭銜，總之在歌舞伎和說書裡都取其意把激烈的戰鬥場面稱之為「修羅場（しゅらば）」。

「修羅場」雖然是形容悲慘至極的戰爭場面，但簡單以三個字就想帶過現實世界裡戰鬥的場面不免令人有所顧忌，也許是這樣，現在「修羅場」成了形容如妻子和老公外遇的對象互抓頭髮打鬥般場景的慣用語。然而，外遇的丈夫對這事已司空見慣，大言不慚地說著：「いくどとなく修羅場をくぐりぬけてきたから、女（おんな）の扱（あつか）いには慣（な）れている」（已經經歷好幾次這種激烈爭鬥的場面，對女人很有一套了），把兩女拋在腦後又繼續尋找下一個目標去了。

シカト【しかと】（俗）忽視。被同儕排擠。

「シカト」是忽視的意思，是一九八〇年代起盛行於不良分子之間的俗語。「シカト」據說是從日本傳統紙牌遊戲「花札（はなふだ）」（花牌）裡，十月楓與鹿的牌支裡頭鹿總是畫成轉頭向一邊的模樣，看起來好像無視於玩牌人的存在，因而由十月鹿的「鹿の十、しかのとお」變成「しかとう」，最後成了「シカト」。然而，花牌裡的動物沒有一隻是臉朝正面和玩家對目相望的，倒是鹿牌裡偶有轉頭向後，看起來好似要回望這裡的畫面，而且從古人所作的和歌看來，公鹿盡出現在為了求偶而鳴叫不已的場面裡，又怎麼會擺出一副不理不睬的樣子呢？實在想不透鹿怎麼會被選中成為「シカト＝無視」的象徵。難不成是「無視か（むシカ）！」的無聊玩笑？

敷居が高い【しきいがたかい】

門檻高。不好意思登門。

「敷居が高い」的「敷居」是住家或房間的內外交界處裡為了拉開、關閉紙門或拉門所鋪設的橫木，在這裡指的是鋪在大門底下用以區別那戶人家用地內外交界的門檻。「敷居が高い」雖然是把門檻建得很高，讓人幾乎難以跨進那戶人家家裡的意思，但現實生活裡沒有人會無緣無故地把門檻做得那麼高，因此這裡的「高度」指的是心理障礙的程度。亦即表達了因為某些緣故而難以登門拜訪或進到那個房間的心情。總之，「敷居が高い」最適合用來指積欠債務如山的債權人家裡。

最近「敷居が高い」也用來形容因多所畏懼而不敢登門拜訪、緊張不已的意思，譬如「三つ星（みつぼし）レストランはさすがに敷居が高いね」（三星級餐廳果然很高級令人怕怕ㄋㄟ）的說法便是個好例子。如果句中的「門檻很高」指的是心理障礙的高度，這種用法雖無不可，但會被習慣沿用舊義的人打槍說這是誤用。要

他們來說的話，大概會說那種地方之所以門檻高，並不是出於心理障礙而是單純因為價位太高。

茶番劇【ちゃばんげき】鬧劇

「茶番劇」的「茶番」是負責泡茶的人，江戶時代在歌舞伎後台負責茶水的底層演員們聚在一起展露私藏拿手絕活、即興表演等娛樂自己人的餘興就叫「茶番」、「茶番狂言（ちゃばんきょうげん）」。之後，庶民召集城裡人演出的素人戲劇也稱為「茶番」。到了現在，取其像素人一般差勁的演出之意來形容一眼就能看穿是虛構的事件為「茶番」或「茶番劇」。

「茶番劇」裡知名的演出節目有「みえみえ」（意圖明顯）、「わざとらしさ」（特意的程度）、「やらせ」（裝模作樣）和「出来レース」（已事先講好的）等。譬如有人說「今回（こんかい）の総裁選（そうさいせん）はとんだ茶番劇だ」（這次的總裁大選簡直是場天大的笑話）的話，指的是關於那場總裁大選，選戰過程中突然殺出個變節叛投敵方的程咬金，讓原本處於劣勢的候選人得以逆轉情勢當選總裁等劇情發展，明明都是很早以前就已經安排好的，卻又假裝沒這回事，待選舉結果出來的時候又睜眼說瞎話「這真是前所未有的事件」、「驚天動地的結果」等情況。像這種只能說一眼就能被看穿（みえみえ）、全是特意（わざとらしさ）裝出來（やらせ）而且是事先講好的賽事（出来レース），正是鬧劇一場。

独擅場、独壇場【どくせんじょう、どくだんじょう】個人獨占舞台

「独擅場」的「擅」有以自己的意思行事的意思，「独擅場」意指個人可以隨心所欲活躍的場面，好比超人把壞蛋打得滿地找牙、一人活躍的場面。

「擅」和意味著舞台、講台的「壇」字形很像的關係，在日本被誤用為「独壇場」並唸成「どくだんじよう」。現在要說哪個用得比較多，大抵是「独壇場」多於「独擅場」之模稜兩可的狀態。而且「擅」這個

字也因為幾乎沒在用的關係，用「独壇場」來表達還能強烈傳達出一人獨占舞台演出的意味，應可算是能錯就盡量錯的用語。

等閑にする【なおざりにする】忽視

「等閑にする」的意思是保持忽視、疏遠的狀態，形容明明就有事該處理卻又不加理會，放著不管的樣子。

感覺 SM 遊戲裡以置之不理的態度享受無視於對方請求之樂趣的「放置プレイ（ほうち play）」，好像也可說成是「等閑プレイ」，但「放置プレイ」是故意忽視所愛的對象，而對方也因為被忽視而感到開心；反之，「等閑プレイ」則強烈具有對對方沒有愛意或是不想玩而無視其要求的意思，因此把「放置」和「等閑」兩相調換並不算是合適的用法。

此外，「等閑にする」跟敷衍了事的「おざなりにする」也經常被搞混，以「おざなりプレイ」來說，表現出來的是玩歸玩卻顯得既無心、無意，也玩得不開心的樣子。

情けは人の為ならず【なさけはひとのためならず】好心有好報

「情けは人の為ならず」直譯的話是，幫助他人不是為了他人好，而是為自己著想。其想法在於，現在好心待人的話，總有一天會變成福報回到自己身上而要人積極行善。也就是說，不論行善這件事是如何地富有深度的哲學涵義，光是「無償的愛」這種表面理論是無法驅使人做好事的，因此就算說謊也好，必得加個什麼動機才行，表達出了慈善家的真心話。

此外，近年來「情けは人の為ならず」經常被誤解為「情けは人の為にならず」，這種情況的解釋是「幫助他人並無益於當事人的自立，應停止這樣的行為」——與本來勸人為善的教義背道而馳。總之，這個誤用給了一開始就不打算助人為樂的人一個冠冕堂皇的理由，也反應出時下的氛圍。

にべもない【にべもない】非常冷淡

「にべもない」是完全感受不到親切的冷淡態度，可用來形容手頭不便的你找人借錢時，所有被登門求助的親友所表現出來的言行。

「にべ」的漢字寫成「鮸膠」，是用鮸（ㄇㄧㄢˇ）魚的魚鰾做成的魚膠（黏著劑）。「にべもない」正確地表現出黏合你和親友之間的魚膠已經完全失效的現實情況。

冷やかす【ひやかす】（用冰、水）冷卻。挖苦、奚落。只問價不買、逛商店。

「冷やかす」是沒有打算買東西還裝個樣子跟店員過招的意思，也可用來指嘲弄戀愛中的情侶等，引以為樂的行為。

「冷やかす」按字面的解釋是冷卻物品的意思。據說江戶時代裡位在淺草山谷地區的造紙業者會利用做為和紙原料的楮樹皮等蒸熱、泡水等待冷卻的時間，到幕府公認的花街柳巷也就是吉原的遊廓（風化區）裡溜溜，享受純逛街（window shopping）的樂趣，這種習性便是「冷やかす」的由來。應該再也沒有比這在語源和真實意思相去更遠的詞彙了，即便如此，盡可能把店員努力賣東西給客戶的熱情煽到極點，再給對方潑一桶冷水的感覺很符合前述的情況，也讓「冷やかす」得以從製紙業者用來打發時間的江戶時代流傳至今。

ほくそ笑む【ほくそえむ】暗自歡喜

「ほくそ笑む」是暗自竊笑或淺得不至於讓人發現的微笑。也就是利用狡滑的手段把競爭對手踢除，或是賭博耍老千而發大財等不能放聲大笑卻又很開心時的笑法。

接在意指微笑、臉上露出愉快表情之「笑む」前面的「ほくそ」，是個只出現在本句的謎樣之詞。那也是理所當然的，因為這個「ほくそ」是「北叟」，從字面解釋是住在北方的老翁，其實指的就是「塞翁失馬焉知非福」——人間万事塞翁が馬——裡的塞翁（註：塞翁失馬也作「北叟失馬」），而不是個形容詞。這個故事是說，住在北方要塞附近、很會算命的塞翁（該名稱的意思也是「住在要塞的老翁」），不論遇到多麼幸運或不幸的事，總是若無其事地說：「幸福是不幸的前兆、不幸是幸福的前兆」，一副微笑而從容地樣子，爾後事態果真如他所說的那樣發展。這位是塞翁也是北叟的老翁臉上經常掛著的微笑據說就是「ほくそ笑む」的由來。這可能是日語史上最讓人感到震驚的語源了。

的を射る【まとをいる】

射中目標。達成目的。擊中要害。

「的を射る」是弓箭等命中目標的意思，引申為正確掌握要點。

把「的を射る」說成「的を得る」雖然是錯誤的，但基於以下幾種因素，就算說錯了也幾乎不會被人指正，這些原因包括：①對方不感興趣的關係，用哪種說詞都無所謂。②把「的を射る」跟「当を得る」（恰當）和「正鵠を射る」（也可說成「正鵠を得る」，掌握要點的意思）等說詞搞混了。③對於「正鵠を射る」、「的を射る」等日語的由來很了解，確信用「正鵠を得る」或「的を得る」的說法比較正確而說成「的を得る」。④就像英文用「get the target」（擊中目標）一樣，感覺比較帥。⑤單純只是因為蝦米攏嘸栽（什麼都不知道）。

右に出る者がいない【みぎにでるものがいない】無人能出其右

該慣用句是指沒有人可以站在那人的右側，意味著在某個領域裡再也沒有比那人更優秀的了。例如：「現代音楽界では彼の右に出る者はいない」（他的現代音樂造詣在業界無人能出其右）等，也就是說在那個領域裡，那傢伙能擺的架子最大。

在「右に出る者がいない」的句中雖然賦與了位在自己右邊的人優越性，但是從「上座」（かみざ，上席）和「上手」（かみて，上座：上首的座位）的左、右兩側優越性來說，是以左為尊，因此日本朝廷的官位裡也是「左大臣」高於「右大臣」。但也有相反的例子，譬如被降職或是被貶到地方當個閒差時就稱為「左遷」（させん，左遷），這種情況下是以右為尊。為什麼要搞得這麼複雜呢？那是因為古代的日本人在不同時期直接抄襲了中國各朝代的規矩來用的關係，例如「左遷」是仿自尊右而卑左的漢代，而朝廷官位又是模仿以左為尊的唐代制度。

因此，針對「左」、「右」的優越性，光是想要探究其本質的意義就是在浪費時間。

名誉挽回【めいよばんかい】挽回名譽

「名誉挽回」的意思是力挽以取回失去的名譽，指的是回復被捲入醜聞或因為幹了什麼事而失去的名譽。日本人經常把「名誉挽回」和以結果來說意思相近的「汚名返上」（おめいへんじょう，請參考p117）搞混而誤說成「汚名挽回」，但可以把它善意地解釋成這是從簡略「退返汙名以挽回名譽」的程序而來。反之，幾乎沒有人會把「名誉挽回」誤說成「名誉返上」，可能是因為從適才提到的流程來說，「名誉返上」並不合乎邏輯的關係。然而，像是獲得大獎的發明在事後被查明是抄襲，或是奪取金牌的選手被驗出服用禁藥等，符合「名誉返上」字面解釋——退返名譽——的事例好像隨處可見。

役不足【やくぶそく】

（對分配的職位太低）表示不滿。大材小用。

「役不足」指的是歌舞伎等演員被分發到不足以發揮實力的角色，進而指因為被分配的職位或角色低於能力的關係而感到不滿的狀況。

在推理劇等電視節目裡，明顯是大材小用的演員只要在前半段以小角色登場，譬如扮演被害人友人的父母或是餐廳服務生等，很可能就會讓觀眾看出那人就是犯人，因此希望導演在選角的時候能多加注意。

然而，最近「役不足」一詞有時會被誤用成意思完全相反的「力（ちから）不足」，意指「自己的實力不足以應付被指派的角色」。這是凡事以謙虛為美德的日本人把本來想表達「自己的實力恐不及如此重責大任——そんな大役（たいやく）を引（ひ）き受（う）けるには力不足ですが——，但仍全力以赴」不小心給說成了「役不足」，無意間暴露出「這種程度的任務，實在不足為奇」的真實想法，正是可笑的誤用。

狼狽【ろうばい】

狼狽、驚慌失措

狼狽 ——ㄌㄤˊ ㄅㄟˋ——
雖然不能理解為什麼搭在一起就能走得好的理由……
前足短的ㄅㄟˋ君
後足短的ㄌㄤˊ君

「狼狽」是手忙腳亂、驚慌失措的意思。「狼」和「狽」都是中國傳說裡的野獸狼與狽，從字面看來都是狼的一種，問題是狼的前二足長而後二足短，狽則是前短後長，因此狼與狽得相互搭駕才能走路（雖然不解為什麼這樣還能走路），一旦離開彼此就會跌倒變得異常驚慌失措，「狼狽」（同中文的「狼狽」）一詞便是源自於此。也許狼與狽確實是各從「後二足短」和「前二足短」的聯想中得來的動物，但是能以如此荒謬的前提編出可與之對應的合理故事，甚至成了慣用語，真讓人不得不佩服與驚訝發明這詞的人，擁有荒謬絕倫且正宗的想像力。

老婆心【ろうばしん】

一片婆心、過分的懇切之心

「老婆心」雖然意同字面上所指，為老太婆的心，但意思可不是持有偏見、愛發牢騷的性格，而是個佛教用語，形容為師的對弟子盡心指導的精神好比老阿嬤對孫子那般疼愛。一般以「老婆心ながら」的說法做為開頭，對於令人生氣的對方先以謙虛的態度表示「雖然是多管閒事了」、「請恕我這樣的人斗膽提出忠告」等，再用力教訓對方時使用。

此外，中文的「老婆」指的是妻子，「私(わたし)の妻(つま)」是我老婆的意思，在日本人看來就是像「うちのばあさん」（我家的老太婆）的說法。這可能是中國人謙虛的表現方式，在日本如此稱呼家中太座的話可能會後果不堪設想。循中文裡「老婆＝妻子」的這層意思來看「老婆心」這三個字，好像也可以解釋成晚年日本妻子對於大型垃圾般的丈夫感到厭惡的心理，不過在中文裡並沒有「老婆心」這種說法，跟日語的「老婆心」意思相近的中文是「婆心」、「好心」等。

第7章

潛藏在過於基本用詞裡的深度含意

不只是日文，任何語言都有使用頻繁、用途廣泛，被稱之為「基本語」的用詞。以英文來說就像「get」這個字，學校教的是「取得」或是「買」的意思，但是聽英文圈的人對話時，動不動就是「get」呀「got」的，讓不擅長英文的日本民族困惑不已。

同樣地，日語的基本語也可能帶給海外學習日文的人困惑。本章便收集了這類用語，從語源和用途來探究其本質上的意思。

就算是耳邊輕聲細語，

煩人的始終是煩人的

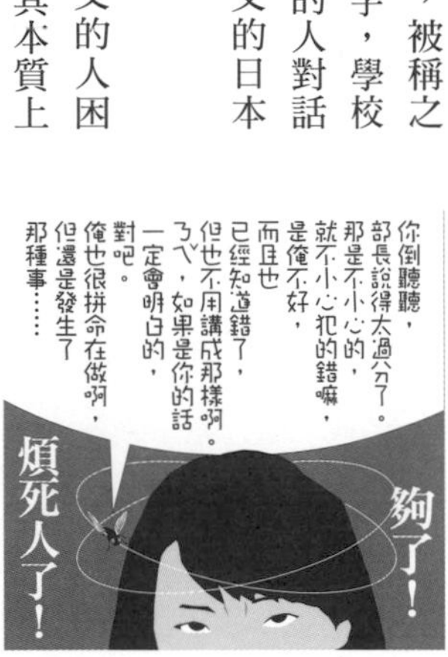

你倒聽聽，部長說得太過分了。那是不小心的，就不小心犯的錯嘛，是俺不好，而且也已經知道錯了，但也不用講成那樣啊。ㄋㄟ，如果是你的話一定會明白的，對吧。俺也很拚命在做啊，但還是發生了那種事……
夠了！
煩死人了！

あいつ【あいつ】那小子、那傢伙。（俗）那個東西。

「あいつ」是由「あやつ」轉變而來，而「あやつ」是從「あの」、「あれ」、「あそこ」等指示遠在他處的東西之指示代名詞「あ」，以及被認為可能是從意指隨從、家臣等底下人的「奴」，後引申為對人略帶輕蔑稱呼的第三人稱代名詞「奴」而來。當對話裡提到雙方都知道的人物且那人又正好不在附近時，可用「あいつはいいやつだから」（那傢伙是好人）等來稱呼。從語源也可看出，這位雙方都知道的人物一定是地位跟自己相同或是比自己還低下的人，再怎麼樣也不會用「あいつはいいやつだから」來稱讚自己公司的社長，這話一出口立刻就會被標註成危險分子。

至於跟那號人物的距離感，是依「こいつ」、「そいつ」、「あいつ」的順序由近而遠。也就是說當對那人感到憤怒的時候，如果是「こいつ」的情況，就能抓住對方狠狠痛毆一頓說：「こいつが悪い」（攏系這傢伙不好）；「そいつ」的話，就得叫人抓住那傢伙：「そいつをつかまえろ」，但還是有可能會追趕不成被逃走；「あいつ」的話，只能暫時先嚥下一口氣，憤恨地說：「あいつ、今度会ったらただじゃ置かない」（下次再見到那傢伙的話一定不會放過）。

「あいつ」指的是
就算現在
想扁人
也不得不暫時
忍住的對方
那個混蛋～

遊ぶ【あそぶ】

玩。遊覽、消遣。閒置、放著不用、（人）不工作。

「遊ぶ」是人或物品遠離應盡的責任，被閒置在一旁的意思。以「パソコンが遊んでいる」來說，指的是公司請到一群笨蛋員工竟把特意買來的電腦放在一旁不用的狀態；「社員が遊んでいる」則是指公司面臨倒閉危機，員工無所事事的狀態。總歸來說，「遊ぶ」是「働く」（勞動、發揮功能）和「効く」（發揮效果、機能）的相反詞。

如果正在「遊ぶ」的主體是「物品」的話，那東西就會維持被閒置的狀態一直安靜地待在那裡，但如果主體是「人」的話，大抵會為了消磨時間而開始耍猴戲搞鬼，像這樣放著正事不做，隨個人喜好行動的作為也叫「遊ぶ」，例如：「遊んでないで勉強しろ」（別再玩了，快去唸書！）、「あいつは遊んで暮らしている」（那傢伙鎮日遊手好閒）等，這也是我們一般人較常用來指的「遊ぶ」的意思。話是這麼說，若是聽到有人提醒「釘が遊んでいる」時，可別幻想成「釘子不知跑去哪裡玩，放釘子的盒子空空如也」，那是「釘著的釘子鬆了」的意思，可得認真處理。

潔い【いさぎよい】

純潔的。勇敢的。

被認為是由意味著勇敢的、英勇的等具積極含意的「いさ」和乾淨、清澈的「きよい」所組成的「潔い」，原本是形容眼前的風景是如此清澈潔淨、非常清爽的意思，現在則主要形容人的性格，意味著內心純潔正直，乾脆而無依戀不捨之處。例如：「武士なら潔く切腹せよ」（是武士的話就當果決切腹自盡）、「言い訳ばかりしていないで潔く罪を認めろ」（不要再頻頻找藉口，乾脆認罪）、「この試合で彼らは負けたが、卑怯な手は使わず潔かった」（他們雖然輸了這場比賽，但沒有使用卑鄙的手段，打了一場正正當當的比賽）等。然而這種「潔い」的性格，從另一個角度解釋的話也可說是，很快就放棄、容易生氣、不懂得說話技巧、不擅於與人爭高下、缺乏謀略和戰術而顯得有勇無謀。

いちおう【いちおう】大略。暫且。一次、一下。

「いちおう」的意思是，雖然不是令人十分滿足的狀態但還算可以，或是感覺應該沒問題但謹慎起見仍以「大概」來表示。例如：「いちおうこれで完成です」（這樣大致是完成了）、「いちおうチェックしておきます」（會大概看一下）等，傳達出「做是做了但只能算是粗略完成」，或是「隨便敷衍了事」的感覺。

「いちおう」也有人寫成「一応」，但本來的寫法應該是「一往」，跑一趟的意思。所以「いちおう」是好比本來有事得去現場確認才行，但沒那個勁多跑幾趟再三視察而說出「有去看過一次了」這般應景的話。

嬉しい【うれしい】高興的、歡喜的

「嬉しい」是心情好、感到愉快的意思，跟「楽しい」（快活、高興）的意思很像，但「嬉しい」是用來陳述看待或聽聞某件事情之後的客觀感想，或是回想自我體驗時的感想；相對來說「楽しい」是用來陳述自己身處在那件事情之中時的感受。例如當記者採訪職棒優勝的隊伍時，選手發表的感言通常是：「チームが優勝して嬉しい」（很高興團隊能獲勝），而很少會說：「チームが優勝して楽しい」，這是因為勝利已是既成的事實。但是在那之後慶祝勝利的啤酒浴上，選手看到人就互灑啤酒，連身為其他隊球迷、對這次的勝利並不那麼感到開心（嬉しくもない）也被淋成落湯雞的記者，訪問選手啤酒浴的感想時，會得到「いやあ、ビール掛けってほんとうに楽しいですねえ」（耶~，啤酒浴好開心呀~）的回答，此時若接著問到優勝感言時，對方會稍微端正姿勢，感觸良深地說：「優勝して嬉しい」（很高興能獲勝），然後又很開心地（楽しく）往記者身上猛灑啤酒。

うるさい【うるさい】

討厭的、麻煩的。愛挑剔、話多的。吵鬧、嘈雜。

「うるさい」雖然是聲音大而嘈雜的意思，但就算是咕噥般小小的聲音一直在耳邊沒完沒了地發牢騷的話也會讓人感到厭煩，因此「うるさい」跟聲音大小沒有關係，是用來表達對於煩擾不休的繁雜事物感到不快的感覺。此後便以厭煩、鬱悶的意思來形容「規則(きそく)がうるさい」（規定很煩雜）、「前髪(まえがみ)がうるさい」（瀏海〔一直掉〕很討厭）等。除此之外，「うるさい」也能用以形容像「味(あじ)にうるさい」所指，愛挑剔食物味道，總是賣弄這方面學識，每天下來聽得一旁的人都感到厭煩（うるさいなあ）的人物。

「うるさい（うるさし）」原來指的是完整而周到的樣子。做事面面俱到的傢伙不管在哪個時代好像總是給人愛挑剔、麻煩傢伙的感覺，在平安時代中期裡已出現像前述那樣的用法了。

「うるさい」也可寫成「五月蠅い」，這當然是假借字。「五月蠅（さばえ）」即夏天的蒼蠅，正適合用來表達「雖然不吵卻糾纏不已，令人感到厭煩」的狀態。以假借字來說，跟「秋刀魚（さんま）」一樣下得真好！

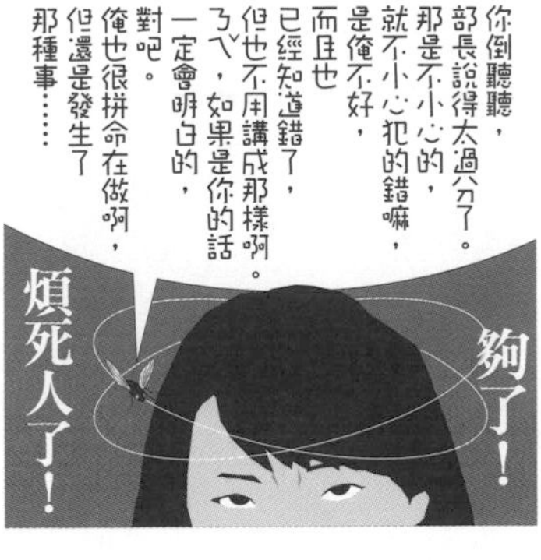
你倒聽聽，
部長說得太過分了。
那是不小心的，
就不小心犯的錯嘛，
是俺不好，
而且也
已經知道錯了，
但也不用講成那樣啊。
乃乀，如果是你的話
一定會明白的，
對吧。
俺也很拼命在做啊，
但還是發生了
那種事……
夠了！
煩死人了！

おいしい【おいしい】好吃、味美

「おいしい」是美味的意思。形容好的、優秀的「いし」，在女性之間有著「好味道」的意思，進而在宮廷的女官之中又變化成「いしい」、「おいしい」。表達美味的形容詞有「おいしい」跟「うまい」兩種，有氣質的女士們認為在狼吞虎嚥扒完豬排丼飯後邊打嗝邊滿足地說「ああ、うまかった」是沒氣質的講法，應該用「おいしい」才好。雖然男士們批評那些裝高尚的小姐們說，用「うまい」比較能傳達出實際的感受，但是「うまい」跟「甘い」是同源，可說是認為「會甜就是好呷」的舊時代裡不懂品味的人對味覺的評價，因此有氣質的各位讀者還是繼續用「おいしい」就好（就算你剛才還是猛扒豬排丼飯又打嗝的情況下也無所謂）。

「おいしい」還有像「おいしい話」（好康的事）、「おいしい仕事」（能賺大錢的工作）等用法，是有很多油水可撈的意思。有氣質的小姐絕不會用這種說法，通常是肥頭油臉的中年男子才會嘿嘿痴笑俗氣地說：「こりゃ、おいしい話ですなあ」（這可真是好康的事啊）。

負う【おう】背、負、負擔

「負う」的「負」就跟「勝ち負け」（勝負）裡「負け」輸了的意思一樣，是把自己置於敗者（弱者、地位低的）的立場，來服務身為勝者（強者、地位高的）的對方、接受懲罰遊戲、或嘗試償還人情債等，而且不論自己是否樂意當個弱者，都要甘願接受這一切的意思。例如日本有句俗話說「泣く子と地頭には勝てぬ」，意思是敵不過哭鬧的小孩和莊頭※，因此小孩是強者，所以「子どもを負う」（背小孩）是提供小孩趴坐在背上的服務；「責任を負う」（背責任）是提供承擔不想接受的責任之服務；「痛手を負う」（負重傷）是接受嚴重創傷的懲罰。「私の出世は両親の教育に負うところが大きい」（本人的成功有很大部分是受到父母教育的影響）是表達了親恩一輩子也報答不完，或是子欲養而親不待的未盡之責。「太陽を負って歩く」則是單純指背對著太陽走路，但是在角力比賽甚或任何事情，只要被抓到背後就算輸了。

※莊頭：中世時負責管理莊園內稅收、軍役與守護的管理者。「泣く子と地頭には勝てぬ」是比喻對方不講理也沒辦法。

落ちる【おちる】落下、脫落、漏掉、落選、降低、陷落、墮落

「落ちる」是指物品或人的精神朝天神或惡魔的力量所引誘的方向快速移動的意思。最常拿來用作受天神偉大的萬有引力影響，東西朝某個方向（以人的角度來看是下方）移動之「落ちる、墜ちる」，即落下、墜落的意思。其他還有，受到惡魔的誘惑沈淪於酒精或毒品導致身敗名裂之「堕ちる」墮落的意思，而在身為神代理人的刑警引導之下嫌疑犯開始自白，或是被擁有神技的柔道家勒住脖子以致交戰對手失去意識的情況也叫「落ちる」。

由於「落ちる」是像前述一般，受到天神或惡魔引誘的現象，因此在墜落的過程當中當事人多能獲得快感，然而不斷落下等到觸底的時候通常不會有什麼好結果，就像掉在地上的盤子會破掉、墮落的人成了中毒者（無法抗拒酒癮、毒癮）、自白了的嫌疑犯被定罪，而失去意識的柔道家則輸了比賽等。

顏

【かお】臉、容貌。表情、臉色、神色、樣子。面子、臉。人

「顏」是指構成頭部正面，眼、鼻、口等器官也大致裝配在規定位置的區域。由於是便於區分與他人之間相似性或差異性的部分，可做為懷疑「這個小孩真的是俺的嗎？」時最初的判斷標準（因為感覺跟俺比起來更像隔壁的老王）。而眼、鼻、口等器官本身或其些微的分佈差異，也可成為判定那個人物是否有「天王老子」或「女王殿下」性格的決定性因素。

「顏」也可用來當比喻，好比「顏が揃う」（全員到齊）和「顏が売れる」（有名氣）是把臉譬喻為那個人物的象徵；「顏が利く」（吃得開）和「顏が広い」（交際廣）是意味著那個人的影響力；又比如「顏をつぶされた」（丟臉）和「顏を立てる」（保持對方的體面）是引申為體面或面子；「顏色をうかがう」（看人臉色）和「顏に出る」（流露出……表情）是用來表現那個人的感覺；還有像「顏を作る」（化妝）和「顏を直す」（補妝）是意味著假臉；以及在眾人面前露臉的「（方々に）顏を出す」是譬喻受歡迎的樣子。

ケ、ヶ

【け、こ、か、が】（量詞）個

「ケ」和「ヶ」是「箇」或「個」的簡寫，是把中文「個」的異體字「个」換成日文的片假名而來，為接在表數目的文詞之後，用以表明是哪種事物之數量的助數詞裡最具代表性的單位量詞，例如：「リンゴ一ケ」（一顆蘋果）、「三ヶ月」（三個月）等。一般來說「一ケ」會唸成「いっこ」，「三ヶ月」是「さんかげつ」，但有時候「一ケ」也會特意順其字面唸成「いっけ」，至於「ケ」和「ヶ」的差異並沒有特別的規定。

中文的「個」直到現在仍是個具代表性的量詞，去

中國料理店點一人分的餃子定食時，店小二會像在念經一樣複誦「ギョーテーイーガー」（餃定一個～），句尾的「ガー」便是「個」。這個「個」字感覺神通廣大，對初學中文的人來說，不知道所指的事物單位量詞時，只要用「ガー」好像也ＯＫ，管它什麼都用「ガーガー」，寬宏大量的中國人應該都能了解。雖然並非是受到中國的影響，但最近在懶得思考個別事物所對應之量詞的日本年輕人之間，「コ」也被用在「一コ上の先輩」（比我早一期的前輩）等說法裡。

此外，「ケ」和「ヶ」也可取代連體修飾詞的「が」用在「霞ケ関」、「吉野ケ里」等地名※，而這裡的「が」又可換成「の」，變成「霞の関」和「吉野の里」，這麼一來反而覺得索然無味了（雖然也不一定要每個地名都要感覺有趣啦）。

※霞ケ関：霞關，地名兼日本政治中心的代名詞／吉野ケ里：佐賀縣的吉野里（歷史公園）

失礼【しつれい】失禮、不禮貌。告辭、再見。（拜託、詢問或表示歉意的客氣話）不好意思。

「失礼」是指欠缺禮儀的行為，如同「失礼しました」（失禮了）、「失礼します」（告辭）、「失礼ですが」（不好意思……）等例句，可用來對他人或在上位者招呼「有失禮儀了」的客套話或是表達歉意。「失」是喪失、遺失的意思，其字形是由高舉雙手在恍惚的狀態下手舞足蹈的姿態演變而來（有諸多說法）。原來指的是自失，即處於心意若失狀態的意思，現在仍有如「失念」（しつねん，遺忘）、「過失」（かしつ，過失）、「失笑」（しっしょう，不由得發笑）等用法，含有「非出於意識而是不由自主」的意思。因此，「失礼」是個能表達「並非故意而是不小心」或是「沒有惡意」等含意的文詞，所以留老闆在辦公室加班，自己定時下班前打聲「お先に失礼します」（先告退了）的用意，不是因為心理想著「我可沒那個美國時間留下來陪你磨蹭，笨蛋」，而是為了表達「因為有其他事情必須先告退，請原諒我失禮的舉動」的意思。反之，擺出「老子沒那個美國時間」的態度，二話不說就大搖大擺地步出辦公室的傢伙，會被說成是「無礼」（ぶれい，無禮）、「非礼」（ひれい，沒有禮貌）。

そんな【そんな】那樣的。表強烈否定。

「そんな」是「そのよう」、「そのような」的口語表現，用以指示在自己身邊發生的事態或狀況，例如：「そんなことはもう忘れてしまいなさい」（那種事就把它忘了吧）、

再也沒有比這更開心的事了
掃興
又不是那麼值得開心的事

「そんな話聞いたことがない」（〔在聽了對方的陳述之後〕沒聽說過那回事）等。從例句裡也可看出，很多時候「そんな」是針對交談中對方的情況或談話的內容所做的發言。跟「そんな」的表現方式雷同的有「こんな」一詞，其所指的是比「そんな」更貼近自身或是發在自己身上的事態或狀況。例如：「こんなことはもう忘れてしまいたい」（已經想趕快把這件事給忘掉）、「こんな話はもうたくさんだ」（〔自己現在所聽到的〕這種事真是聽到膩了，賣擱來啊）等。

「そんな」跟「こんな」看起來似乎只有些微的差異，但是在部分情況下即使用法相同，意思卻大不同，譬如「こんなに嬉しいことはない」跟「そんなに嬉しいことはない」兩句的差異只在「こんな」和「そんな」，但前者是「再也沒有比這更開心的事了」，表現出最高級的喜悅，而後者是「又不是那麼值得開心的事」，有著不怎麼為之高興的意思。為什麼呢？因為前者指的是發生在自己身上的開心事，意指「跟過往的經歷比起來再也沒有比這更開心的了」，而後者指的是對方對自己的事感到很開心，但在旁人看來「可不（如你想的）那麼開心」。看起來是那麼近的「そんな」和「こんな」卻存在著現實關係裡「你」「我」之間莫大的差距。

立場【たちば】立腳地、處境、立場、觀點

「立場」的意思等同字義，是所站立的場所，但主要意味著在人類社會裡無須顧慮他人而可自由站立的地方。譬如：「そんな言い方をされたら私の立場が

ないではないか」（你這麼說不是給我難堪嗎？）、「立場をわきまえろ」（認清自己的立場！）、「間に入ってつらい立場にある」（夾在中間，立場很為難）等。也就是說，「立場」是用來表示社會裡某個演出角色所存在的場所，並因其身處的位置而來的面子、排場等。

跟「立場」類似的有個叫「居場所」的詞，誠如「居る」本來是坐著的意思，跟強烈意識到社會地位與面子的「立つ」相較之下，「居る」是「只要能附屬於那裡就算不錯了」的客氣表現。譬如「この家にはお前の居場所はない」（這個家沒有你容身的地方）這句話表現出不管是寄食門下還是悶在家裡不出門的，就算把面子和自尊心全丟了也不保證能繼續待在這個家的危機感。

頂戴【ちょうだい】

領受。（敬語）吃、喝。請給、賜給。

「頂戴」這個詞在字面是形容從身分地位高的人那裡得到物品時，將物品捧舉過頭以表示感謝的樣子。由此「頂戴」普遍成了接受物品、吃東西或是表達想要什麼東西（～がほしい）、請人家賣什麼給自己（～を売ってほしい）的意思時，把自己的身分放低的謙虛講法。但是在日常生活中卻經常可以看到疲憊的中高齡客人在居酒屋裡用自以為了不起的態度對店員點餐：「煮込みと酢だこ頂戴」（請給小的來碗滷味和醋漬章魚），或是手賤的壞胚子未經同意就從他人的包包裡「感謝大人賜與（頂戴する）」地拿走錢包等，一點也不謙虛。

適当【てきとう】

適當、適合、正好。隨便地、酌情。

「適当」意味著依循目的和要求的樣子。但如果是「適当にやる」、「適当に済ませる」的話，就表示本來必須要循著目的和要求來處理的事情，以「隨便做」或是「偷工減料」的方式來完成的情況。現代多以這個用法為主，而且寫成「テキトー」的話更能傳

達出隨便的感覺。總而言之，「適当（テキトー）」陳述出了，在日本對於當事人表示「已經依循目的和要求確實執行了」的報告，幾乎不會抱太大期望的事實。

出口【でぐち】出口

「出口」是在牆壁等開的幾個洞裡，給人（給狗也行）外出的洞。話說某位外國藝術家曾在展覽會中展出用法文寫上「出口就在內側」的作品，感性強烈的人好像從那句話裡感受到「想要找到出口就必須從心的內面找起」的象徵含意，但是如果讓總是在尋找笑話靈感的藝人看到這個作品的話，可能會直接吐槽：「這不是廢話嗎？因為在裡面所以叫出口呀，在外面的就叫入口囉。」發現了出口原來是在房間內側才有的這個事實，並把它做成藝術品的，正是這位藝術家的功勞，而能夠讓感性強烈的人在看了作品之後發揮想像力的，則應該說是作品的力量。

とにかく【とにかく】總之、不管怎樣、姑且

「とにかく」是「とにかくに」的簡略說法，用來表示「那個暫且不提」、「不管怎樣」的意思，例如：「あいつはとにかく、きみはばかだ」（先不說那傢伙，你真是個笨蛋）。這句話要表達的是，傳言那傢伙是個笨蛋，但暫且不管那個問題如何，可以確認的是「你是笨蛋」的這件事。「とにかく」的「と」是副詞，有「あのように」、「そのように」的意思。把「と」和同樣意為「像那樣的」的副詞「かく」配成對後，就成了「とかく」、「とにもかくにも」、「ともかく」等語意中均帶有「雖然像這樣、那樣的問題一堆（但先把它們都擺在一邊）」這層意思的慣用語。也就是說，「とにかく」是個可用來轉換話題的萬靈

丹，就算沒有特別的理由（即使是因為聽膩了對方無聊的談話而想換話題也無所謂），只要先講一句「それはとにかく」就能接著陳述自己想說的。

「とにかく」的漢字寫成「兎に角」，是假借字，似乎是直接取自佛典裡用來譬喻空理（實際上不可能發生的事）之「兎角亀毛」（兔角龜毛）裡的「兎角」，跟「とにかく」的意思完全沒有關係，還真是「總之先借來用看看」的假借字。

とりあえず【とりあえず】

匆忙。立刻、首先。

就像醫生對一個被槍擊中血流不止而命在垂危的人說：「とりあえず出血を止めておきました」（總之先做止血的處理了）一樣，「とりあえず」是先來個應急措施的意思，含有「本來應該要確實處理，但沒法這麼做的關係（主要是基於時間和環境等理由，有時也會因為能力不足而把時間和環境等理由拿來當藉口），暫時先用這個方式處理……」的心情。

例如：「とりあえず報告まで」（特此報告），意思是：「不趕快施以對策的話，公司恐怕會有大麻煩，但我們團隊全是笨蛋的關係，沒有那種能力和時間可以快速擬定對策付諸實施，所以暫時報告現狀在先。」接到「とりあえず」這種看似泰然自若的報告時，若不趕緊仔細看過報告內容研究對策的話，很可能會招致很大的問題，必須特別注意。

なかなか【なかなか】

很、非常。（下接否定語）（不）輕易、（不）容易、怎麼也（不）……

「なかなか」是不位在兩端的中間部分，或是以兩個「中」（なか：中央、中心）的疊字「中中」（なかなか）來表示既非best（最好）亦非worst（最差），而是better（比較好）或worse（比較差）的程度。

在「なかなか」的後面接上「よい」（好的）、「美しい」（うつくしい，美麗的）等形容詞變成「なかなかいい」、「なかなか美しい」的時候，是以「雖然不是好到無話可說的程度，但比說話人自己想的還

好」的感覺來表示肯定（哦~不錯嘛、挺美麗的）。因此，自己的畫作如果得到他人「なかなかいいじゃない」的讚美時，並非最高級的稱讚，也就不需要高興得跟什麼一樣。再者，日本人內心就算覺得那個作品好到沒話說，在不了解一般人對其價值認定為何的情況下是不會隨便誇獎人的，也就沒必要為此感到失望而失去自信。

另一方面，「なかなか」如果跟「進む」（前進）、「行く」（去）、「運ぶ」（進展）等表達行進狀況的動詞搭配使用的時候，是以否定形來表示「進展速度不如預期」的感覺，例如「交通渋滞で車がなかなか進まない』」因為塞車，車子遲遲動不了、「計画がなかなかはかどらない」（計畫遲遲不見進展）等。然而，這裡的「なかなか」也會因使用的情況在認知程度上有很大的差異，舉例來說，當店長報告「客の動員がなかなかうまくいかなくて……」（顧客動員的狀況不是很好……）的時候，身為主管的你可別以為店裡只有小貓兩三隻，客人還沒進門，應該要判斷為「店裡空盪盪的連一個客人都沒有」的情況。

なるほど【とにかく】

（肯定他人的主張）的確、誠然

「なるほど」原是盡可能、竭盡全力的意思，用在「成る程働いた」（盡全力工作）等，現在則主要用在當對方得意暢談己見的時候，在不想因反駁而被捲入麻煩的爭議之中時，做為「的確是這樣」、「說得對」等口頭回應以假裝認同對方的意見。然而從語源也可知道「なるほど」意味著「我也是看過世面，見識豐富的，既然你說的也有理，那就努力盡可能理解之」，感覺像是蔑視對方（上對下）的說法，因此對於地位在上的人，在不能確認對方是個超級笨蛋的情況下，最好避免使用這個詞。

賑やか【にぎやか】

熱鬧、繁華、鬧哄哄

「賑やか」是形容很多人聚在一起各自聊天、談笑、大喊大叫的狀況，是個肯定表現的用詞。也就是說其

實很「うるさい」（吵鬧）、「騒々しい」（嘈雜）或「やかましい」（喧鬧），但是站在自己的立場無法說真話時，只好咬緊牙根皮笑肉不笑地說：「賑やかなお子様たちでございますねえ」——真是一群活潑熱鬧的孩子呀~。

「賑やか」、「賑わう」（熱鬧）、「賑々しい」（非常熱鬧）等詞彙裡的「賑」是繁榮旺盛、有活力的意思，現在主要用來形容有活力、繁華的樣子。根據《大言海》的解釋，「賑」與意為柔和、溫順的「和」（にき、にぎ）同源，但是一般人怎麼想都覺得從「おとなしい＝和」變成「騒々しい＝賑」感覺怪怪的。另一方面，《岩波古語辭典》的解釋為，與朝鮮語的「nik」（熟的意思）同源的「和」，與「賑」不同源（但沒寫出「賑」究竟從何而來）。

盗む

【ぬすむ】盜竊、欺瞞、利用

「盗む」是小偷主要的工作，也就是暗自將他人的東西變成自己的。「盗む」的重點在於趁對方不注意的時候拿走，倘若被對方發現而強行奪取的話就叫「奪う」（搶奪），屬強盜與搶奪的範圍。同樣是偷拿的行為又可分成幾種：從他人的衣物竊取錢包叫「掏る」（扒竊）、從收到的貨款裡竊取少量的金額叫「掠める」（竊取）或「ちょろまかす」（偷）等，各有其負責的項目。

「盗む」可像「私のデザインが盗まれた」（我的設計被剽竊了）的說法，用來指偷偷模仿他人的作品或技術，也可像「親の目を盗んで外出する」（瞞著父母外出）一樣，用來形容偷偷幹什麼事不讓人發現。

有種說法是，傳統技藝的職人得「偷」學師父的技能才能出師，那是因為老師父不會牽著徒弟的手指導每個要點的關係。老師父解釋其用意在於光說不練無法真的學會。這種說法也有其道理，可以想成如果因為師父沒教就混沌度日、盡做些雜事的傢伙，可能也沒有想要學得一技之長的氣概，而偷學也要學到技術的弟子則既有心又優秀。然而臺面上是這麼說，老師父的內心可能也有怎能把自己拿來吃飯的傢伙輕易傳授於人，或是即使想教也不如從何教起的念頭吧。

返事【へんじ】答應、回答、回信

「返事」是對呼叫的回應。小孩如果對父母「去幫忙買東西」等呼叫沒有回應的話，就會被斥責：「ちゃんと返事しなさい」（聽到了還不回！），但如果確實回應：「いやです」（不要）的話又會被唸得更慘。因此，幾乎可以把「返事」定義成是，對於呼叫的正面回答──「はい」。

「返事」感覺像是漢語，卻是「かへりこと（返りごと）」的假借字，但以音讀發音的和製漢語（日本自創漢語）。過去，「返事」也指贈禮的回禮物品，但現在好像只用來指對呼叫的回應，或是對書信、電子郵件等的回信。就像小孩對父母的呼叫如果沒有確實回「はい」的話會招來怒斥一樣，最近如果沒有立即回郵件給對方也會引來對方大發脾氣，因而衷心地想要做好確實回信的工作（但是在電子郵件的情況下，只回個「はい」的話還是會被唸說「拜託仔細看看內容好嗎」。）。

ほう【ほう】方向。方面、種類。（比較上）這一方面。算是、總是。

「ほう」是方向、方面的意思，也可用來表示在兩個或是更多選項裡選擇其一的時候，那種「不能明確表達，但如果要說的話就是那個」的心情，例如：「私は頭が悪いほうです」（我算是頭腦不靈光的人）、「朝は早いほうです」（屬早起的人）等。

近年，有越來越多的日本老人家對於餐廳等場合裡，店員明明說：「メニューのほうになります」（請參考這本菜單（讓人以為有好幾本可以選）」）卻只拿出那麼一本菜單的曖昧說詞而感到生氣。然而，在「ほう」這個字裡可以看到的曖昧表現，其實是日語自古以來的得意說法，譬如「妻」（妻子）的舊式尊稱「奥方」（尊夫人）的意思是在家裡後面的人，也有意指「その人」（那個人）的「その方」（在那個方向、方面）這種稱呼方式。除此之外，第二人稱代名詞的「あなた」、同屬第一、第二人稱的「手前」，以及對天皇、貴族的避稱「かしこきあたり」等稱呼也都是曖昧的表現。「あなた」是「你」，意思是位在那裡的那位「あちらの方」；「手前」是「我」的謙稱，也是「你」的輕蔑稱呼，意思是位在所指的對象跟前；「かしこきあたり」是因為天皇和貴族的身分令人敬畏，既不可直接指名道姓，亦不得用手指示，因而用「非常敬畏之所在」來稱呼之。

從這種種看來，較年長的人（年寄りのほう）對於年輕人的「ほう」字連篇每次都感到惱火的情況，最好避免之（しないほうが），對身體來說（身体のほう）也比較好。敝人是這麼想的（おもうほうである）。

まあまあ【まあまあ】還算、尚可。

「まあまあ」是用來評價對象的言詞，以從最低到最高是一到五個階段來說，大概是四左右的程度，可用「まあまあの出来ですね」等來表示成果還算可以。然而，如果對方所期待的是五，而你只做出四的程度的話，就會被評為「ものたりない」（美中不足）、還差一步「もう一歩」等，因此「まあまあ」所反映的是對方原本的期待值只有三，但成果超乎預期時的感覺，這也是為什麼當自己的成績或作品被評為「まあまあですね」的時候可以稍微沾沾自喜的原因，但也要有所覺悟，這意味著對方對你本來就不抱太大的期望。

まさか【まさか】（後接否定形）決（不……）、難道、該不會……。萬一、一旦。

「まさか」是強烈表現不應該有那種事、怎麼也料想不到的心情。譬如：「まさか、あなたが結婚できるとは思わなかった」（萬萬也想不到你能結婚）、「弱小チームがまさかの逆転勝利」（弱小的團隊竟然反敗為勝）等。亦即「まさか」的說法裡雖然有「出人意料之外」的意味，但終究是屬於日常對話的範疇，在發生非常重大事故的時候如果以「まさか、そんなこと起きるなんて夢にも思ってなかったしい～」（拜託～做夢也沒想到會發生這種事！）等說法做為藉口的話，顯得過於輕浮會被認為是在開玩笑，最好是不要用這個辭（不管裝出多可愛的樣子找藉口都不行！）。

「まさか」有時也會寫成「真逆」，這是假借字。「まさか」的「まさ」是視線望去的方向，「か」是場所的意思，「まさか」原來指的是目前、眼前，有著「重大事情迫在眉睫，事到如今要處理也沒辦法」的意思。如同「まさかの時に備えて準備を怠るな」（隨時做好準備，以防萬一）等用法，「まさか」跟在發生重大事故之後企圖以一句話帶過的「想定外」（不在設想之內）和「予定外」（不在預定之內）等藉口不同的是，「まさか」的表現更貼近現實生活的感覺。

まし 【まし】 增加、增多。勝過。

「まし」正如其漢字寫法「増し」一樣，是形容比起拿來比對的對象還要優秀、勝出的情況。可用在聽從指示前往某個部門幫忙時，該部門主管看到來的人是你，便用一種失望的表情說：「是你哦，算了，『誰もいないよりましだな』——沒魚，蝦嘛好」等情況。在這裡用「まし」是因為，這時「你」是被拿來和「完全沒有人的狀況」做比較之後屬「勝出」的一方，至於「勝出」的程度有多少，從主管失望的表情也能簡單判斷出來。「まし」就像所舉的例子一樣，多用在只比比較的對象好上那、麼、一、點、點、的情況。

学ぶ 【まなぶ】 學習、體驗

「学ぶ」是在學校等接受教育、學習、獲得知識與智慧的意思，也就是獲得好像有益於自己（或是他人說有所助益）的資訊的行為。

「まなぶ」的語源是「真似ぶ」，模仿的意思，道出了人類的學習活動全是始於模仿的事實。

「学ぶ」雖然是人成長的過程中不可或缺的行為，但如果把學到的東西偽裝成像是自己從零創造出來的，而且還把它拿來當作生財工具的話，很快地那個行為就會被改稱為剽竊（パクる），引來非難。

道【みち】道路、手段、途中、過程。專門、領域。道理、道德。

「道」是在那個之前或那個之後存在著某人的目的地之線狀的土地。也就是說，「道」是將人人的目的地以縱橫交錯的方式編織成像網狀一樣的場所，而人可能因為路痴或是漫無目的行走的關係，其所步行的道路前方不一定存在著自己的目的地，因而有的會迷路、有的會誤入歧途。

在茶道、花道、劍道、柔道等日本藝術和武術裡，「道」的稱呼是用來指通往終極目標的過程。那個「道」所指示的目的地是精神層面的高度造詣，然而在那些「道」上裡勤奮學習的人多半只是因循創始者為首的前人們所留下的形式，或是把擊敗他人視為終極目標。

むしろ【むしろ】寧可、與其。

這個情況下寧可請社長來比較好……
雖然是個笨蛋，但人還不錯的關係

「むしろ」是拿同樣程度的東西來比較，選擇何者時的用語，譬如：「我覺得與其找佐藤，倒不如推薦鈴木（私は佐藤よりむしろ鈴木を推薦します）。理由是兩人雖然都是笨蛋，但鈴木比較可愛。」在這種情況下，佐藤和鈴木半斤八兩，正是「むしろ」的使用重點。因此，想找人上台致辭時就不能說成：「この場は鈴木よりむしろ社長に挨拶をお願いしよう」（這時與其找鈴木不如請社

長來致辭），因為這裡用「むしろ」的話，會導致在場的人能想到的理由只有「雖然兩人都是笨蛋，但社長在公司的經歷比較久」的情況……。

許す【ゆるす】

許可、承認。信任、相信。放鬆、鬆懈

「許す」跟意味著把束起來的繩子給鬆綁（ゆるめる）的語幹「ゆる」的意思是一樣的，其行為帶有鬆解束縛的印象。把纏在罪人身上的繩索加以鬆綁的話就是饒恕罪行的意思——「罪を許す」；居家保全的態勢鬆懈的話就是允許歹徒闖空門——「空き巣の侵入を許す」；女人若是對男人失去警戒心就會招致「以身相許」的結果——「肌を許す」；緊湊的行程變鬆了的話就能在允許的時間範圍內跟你約會——「時間が許す限りあなたとおつきあいができる」；對某個人物的評價基準放寬的話就是允許那人獨立開業——「独立開業を許す」；或是公認其造詣為某個領域裡的第一把交椅——「第一人者として自他ともに許す」。

正正如前述所舉的例子，「許す」是個教唆人若想要賺一票就得趁對方「ゆるんでいる」（鬆懈）時的基本用語。

わざわざ【わざわざ】

特意地、故意地

「わざわざ」含有為了達成某種目的而特意採行麻煩或困難的手段的意思，例如：「電話で済ませずわざわざ相手宅に出向いてお願いした」（不用電話講，已經特意前往對方住處請求幫忙）、「レバ刺しを食べにわざわざ韓国まで行ってきた」（為了吃生牛肝特地跑去韓國一趟）等。「わざわざ相手宅に出向く」（特意前往對方住處）的話可以帶給對方「我人既然都到了壓根兒都不想來的你家門前，你就多少讓個步吧，如何？」這種無形的壓力，而「わざわざ韓国まで行ってきた」（特地跑去韓國一趟）的說詞是為了強調個人為美食不辭辛勞並為此感到自滿的情緒，帶有炫耀與故作姿態之情。

第8章

傳達時下風氣的流行語集

大部分的新語、流行語從一出生就註定走向死亡，成為死語的命運，編輯者得一而再，再而三地謹慎考慮之後才把認為已經是社會慣用的詞彙收錄在辭典裡，但是等到那個時候，這些用詞又常已經從人們的記憶中消失。

倒是咱們這部不具權威性、也不期待其永久性的辭典裡，即使是那些看似很快就會消失的新語也毫不在意地快速收錄進來，當作傳達時下風氣的詞彙。

美食報導真是個

甜頭頗多的生意啊

イチオシ【いちおし】最推薦

「イチオシ」即「一押し」，意指最是力推的事與物，是電視購物節目裡經常用來表示「最想推薦的商品」的言詞。既然都說是「イチオシ」（最推薦）了，觀眾自然以為整天下來只會集中推薦那個商品，但也許是製作單位小看了觀眾整日收看電視的可能性，節目裡還出現了「本日最推薦」，甚至「本週最推薦」、「我的最推薦」等各種混雜的名目，促使「イチオシ」這個詞空洞化。

典型的「イチオシ」失敗例子有中國古代「矛與盾」的故事，楚國有個賣矛和盾的商人，各以「最推薦」的方式來賣他那「什麼盾都能刺進去的矛」和「任何矛都戳不破的盾」的關係，而被圍觀的人指稱「矛盾」的逸聞。這話本來可以用「商人一張嘴胡說八道、不信也罷」來簡單帶過的，卻因為有人把「最推薦」信以為真而發展成邏輯問題，讓這個故事得以流傳後世。

あざーす【あざーす】謝啦

「あざーす」是簡略了「ありがとうございます」（感謝）的說法之後音便（轉訛）而來的，經由日本知名搞笑藝人組的擴散，成為現在年輕人之間流行的用語，主要用在和朋友的對話裡。「あざーす」會隨著當時的氣氛和對象而變化成「あざす」、「あざっす」、「あざーっす」等，但好像沒有嚴格的使用規定（怎麼可能有？）。

雖然也有人不禁對這種語言亂象皺起眉頭，但是在日文裡以「ございます」（是）來說，還有「ござそうろう」、「ござる」、「ござんす」、「ざます」、「がす」、「がんす」等因那人的屬性和身分區分使用的情形，因此如果把使用「あずーす」一事，想成是守護日本語言傳統之寶貴的年輕人之屬的言行，那麼老人家反而應該為之感謝才是。

イケメン【いけめん】美男子

「イケメン」雖然被當成是「イケてる男」（men）的縮寫，但也有人說應該是「イケてる面」（めん，臉）的縮寫。總之，「イケメン」主要是指拜帥氣的臉部構造所賜，在年輕女性之間吃得開的男子。這個在二〇〇〇年代登場的用語，有超越流行語領域的傾向，對帥氣臉龐的評斷也隨之大幅放寬標準，因而出現了許多讓人不由得歪頭「這傢伙也算嗎？」的「イケメン」。

いっぱいいっぱい【いっぱいいっぱい】超級滿載

「いっぱいいっぱい」是由兩個意味著容器等裡盛裝物品到滿載為止狀態的「一杯(いっぱい)」疊在一起所形成的詞，以現代風來說就是「超(ちょう)いっぱい」（超～滿）的意思，表現出被指派的工作量超乎自我處理能力，又或意外層出不窮，造成精神緊繃沒有餘力想其他的事

等狀態。例如手上正在處理一個必須在今天內完成的統計資料時，接了一通客訴電話，在到處尋找顧客所抱怨的商品說明書時又遇到主管答非所問且開始說教：「誰叫你拿出來之後沒有放回原位，才會慌慌張張地找不到說明書。」幾乎讓人想對豬頭主管大喊：「那你這豬頭來接電話啊！」這種被逼到絕境的精神狀態正是「いっぱいいっぱい」。

上から目線【うえからめせん】

言行中透露出蔑視對方的態度

「上から目線」是蔑視對方的態度或姿態。當稱讚人很厲害但對方反而露出一絲「你把我當成誰了」的憤怒表情時，稱讚人的那位仁兄的態度便是「上から目線」。

對於和對方的上下關係很敏感的日本人來說，「上から目線」是被看扁的一方惱怒時常用的俗語，其原因有被後輩頤指氣使「後輩のくせに上から目線なのが気にくわない」（明明就是後輩還用這種上對下的態度，真令人反感）這種不合理的理由，或是像「あいつは俺より仕事ができると思って上から目線で指示しやがる」（那傢伙自以為工作能力比俺強而想用上對下的態度來指示俺做事）這種被能力較低的傢伙所指使，仔細想想誰都會感到不爽的理由。

エビデンス【えびでんす】證據、根據

「エビデンス」是引進英語的「evidence」變成日語的詞，意思是根據、證據。如同「この治療法は確固たるエビデンスに基づいている」（這個療法是基於堅定的科學證據）的說法，

殿下，這就是那個evidence
哦～
果然是南蠻來的好東西

「エビデンス」向來用在醫療方面，但最近在日常生活裡也愈來愈常聽到「この草案を通すには、エビデンスを明確に示すことが必要だ」（要通過這項草案就必須要提出明確的證據）等說法。日語裡明明就有

「根拠（こんきょ）」（根據）、「証拠（しょうこ）」（證據）這等傑出的用法還特意以外來語來表示，可見得在日本用「これが根拠だ」（這就是根據）的說法所提示出來的證據，盡是無法信任、靠不住的東西吧。雖然其與用「こちらがエビデンスでございます」（This is evidence）畢恭畢敬地提呈出來的內容並無兩樣……

オタク【おたく】御宅族

御宅族（オタク）是指支撐現代日本文化卻沒有得到社會正當評價的一群人，但近來御宅族在社會上的認知度已經提升到就算政治家公開自己是御宅族也不會影響票數的程度（雖然票沒減少但也沒有增加，因為多數御宅族會在網路上發表言論卻不會前往投票）。

「オタク」是日語裡第二人稱代名詞的一種，其語言結構是在代表家的「宅（たく）」前接上表達敬意的接頭詞「御（お）」而來，原本是動漫和科幻片的狂熱愛好者對彼此的稱呼，現在則成了這群人的總稱。

「オタク」也表達出從不是御宅族的人看來，這群人長時間宅在家裡或悶在自己房間的生態，而御宅族以「オタク」來呼稱同好的對方時，則表達出雖然不深入了解對方的個性（也不想知道太多），但對於擺滿蒐集品的對方家裡深感興味的兩人關係。

（笑）【かっこわらい】（笑）

「（笑）」是用在對談式文章、電子郵件本文裡的表情符號，想用口頭表達時就唸成「かっこわらい」。對談式文章裡的「（笑）」是為了表達參與對談的人在講到這裡的時候笑了的事實，郵件裡的「（笑）」則是用來傳達「雖然是自己說的，但本人寫到這裡的時候笑了」的感受。也就是說，在這兩種情況下，「（笑）」都是用來示意那些心不在焉地瀏覽內容，腦子不太靈光的人「看到這裡應該要笑一下」的符號。雖然電子郵件裡也能用「（笑）」，但是在不怎麼有趣的地方過分標註的話，反成了在那些閱讀內容的聰明人面前暴露自己低智商的行為，應多加注意。

キモイ【きもい】噁心

「キモイ」是「気持ち悪い」的簡稱，意指他人的外表、舉止帶給自己不快的感受，是個在不想和對方說明這種不快感所謂何來，總之希望對方趕快從眼前消失時，以類似「あっち行け」（滾到一邊去）、「失せろ」（走開）的感覺輕易就能脫口而出的語言表現。

有個和「キモイ」的意思相近，可用來表達討厭對方的另一個文詞是「うざい」（麻煩、討厭），但「うざい」是經過一陣觀察之後所下的結論，「キモイ」則是表達出第一印象就想避開對方的心情。也就是說，被噁心（キモイ）的傢伙糾纏不清，或是一開始時並不覺得對方噁心，但是在交談的過程中一陣反感漸漸湧上心頭時，就要恭禧對方升格為「うざい」了。

逆ギレ【ぎゃくぎれ】惱羞成怒

「逆ギレ」的「ギレ（切れ）」是以突然讓人感到驚訝的氣勢生起氣來的意思。「逆ギレ」是真正想大發脾氣的這廂表現出大人的度量冷靜規勸對方，不料忠言逆耳，反而引得對方過度反應而勃然大怒的情況。亦即表達了好心規勸的這方早知道就應該訓斥對方，「耐著沒生氣反招來損失」的情況。

義理チョコ【ぎりちょこ】義理巧克力

在日本有情人節時女性送巧克力給男性的習慣，而「義理チョコ」的意思是遵循社會風氣送給主管或前輩的巧克力，即在情人節當天大量發送的廉價巧克力。「義理チョコ」的相反詞是「本命チョコ」（本命巧克力），是送給真的懷有好意的男性的。至於自己收到的究竟是義理巧克力還是本命巧克力，從發放的方式一眼就能看出，被偷偷遞上的是本命巧克力，而在眾人面前感覺像在餵食鴿子一樣一個接一個義務性發放的是義理巧克力。收到義理巧克力的男性可以在確定「自己不是對方的菜」的事實之後鬆一口氣。

然而近年，不論是用來強化社會風氣的義理巧克力，和特意等到情人節那天才用來告白，感覺也未免太無聊的本命巧克力，雙雙出現衰退的傾向。取而代之興起的是，隨著一年內大概會有一次想品嘗高級巧克力的動物欲望本能發作而購買的「友チョコ」（女性友人之間互贈的巧克力），或是犒賞自己用的「マイ（my）チョコ」。

コピペ【こぴぺ】複製貼上

「コピペ」是「コピー・アンド・ペースト（copy and paste）」的簡略說法，意指在電腦裡將他人的文章或畫面複製、貼到自己的論文或報告裡的做法，是現代為了寫出具獨創性與個性的論文或報告時不可或缺的基本技能（註：這當然是開玩笑的，認真的學子們請勿把此話當真，不認真的學子們可也不要得意忘形哦～）。總之，「コピペ」不過是把以前用手抄書的做法換成用電腦來執行，但其高效率的作業方式反而引來年長者「努力不足」的反感。

網路社會裡盛行複製貼上（コピペ），但問題是資料來源的可信度，在學生的報告裡充滿了聽都沒聽說過的學說。

警告：本書的內容也刊載於網站上，由於寫的盡是開玩笑的內容，恐會招來誤解，讀者們千萬不要複製使用ㄋㄟ。

サクサク【さくさく】嚼食物聲。切菜聲。踩（砂、雪）聲。鬆脆。

「サクサク」是用來表現切菜時鋒利的刀子暢行無阻地切過時，聽起來令人感到舒暢的聲音。近年從這裡又衍生出其他用法是，當主管詢問工作進度時，部屬為謊稱「事情以令人感到舒暢的程度順利進行中」而報告「サクサクいってます」，又或者是當上司把麻煩的工作完全丟給部屬的時候，以「雖然是麻煩事但快快把它弄好來唄」的意思指示下屬「サクサクやっちゃって」等說法。也就是說，「サクサク」成了表面追求一種彷彿在潔淨乾爽的廚房裡切高麗菜絲那般，屬於想像中的舒暢感受的說法。

從「サクサク」變化而來的「サクッと」也經常被拿來使用。「サクサク」的話，聽起來有仍在作業中的感覺，「サクッと」則帶有轉眼間就結束的印象，因此當主管以一句「サクッとやっちゃって」就隨手把麻煩的事推到自己身上時，任誰都會有氣得想緊握手邊凶器的那一刻。

自分へのご褒美

【じぶんへのごほうび】犒賞自己

「自分へのご褒美」是贈送給自己的禮物、獎賞，也就是把「自我滿足」具體化的行為，從假想自己被一群給與讚美的人所包圍的角度來看，也相當於「自我欺騙」的行為。

想強調這是對自我努力的犒賞的人，大概不出以下幾種情況：①存在著其努力未獲得他人認同的客觀事實（總之就是努力了但成果沒有出來，亦即其所做的如果不是無謂的努力，就是根本算不上努力）。②即使獲得他人完全的肯定，但內心仍存在著其實誰也不是那麼在意自己的被害妄想症傾向。③就算獲得他人認同，但出於過度自信而認為那種肯定的方式並不算完整的犒賞。

這幾年以犒賞自己為目的而在情人節流行的「マイチョコ」（送給自己的巧克力），是以略微高級的巧克力這種程度做為獎賞的關係，正符合包括自己在內的所有人所公認之「並沒有盡到可稱得上是努力的努力」的第①種情形。

ジューシー【じゅーしー】多汁的、水分多的

「ジューシー」是英文「juicy」的日語發音，在英文裡除了有多汁的、濕潤的、潮濕的意思之外，也有食物「在入口之後美味的汁液在嘴裡迸流而出」的意思，在日本基本上也跟英文的用法一樣。

「juicy」指的雖然是「像果汁（ジュース，juice）一樣」或是「富含果汁」的意思，但是在日本只要提到「ジュース」，從以前指的就是水果的果汁（英文大概也是這樣吧），因此不論牛排和漢堡肉醇美濃烈的肉汁是如何地在口腔裡奔流，總會抗拒用「ジューシー」來形容之（更何況這種肉汁雖然稱為「汁」，實際上是油脂）。但是在沒有其他好的說法可以形容那種味覺的情況下，咱們也只好用一種抗拒（討厭）的心情看著電視裡美食報導記者千篇一律地用「ジューシー」、「ジューシー」來發表感言。

テンパる【てんぱる】（麻將）聽牌的狀態。（喻）達到最高限度的狀態。

「テンパる」是隨著緊張程度升高或壓力變大時，變得沒有餘力處理其他事情的狀態，其語源來自麻將的「聽牌」（テンパイ，聽牌）。聽牌是麻將牌局裡再湊齊一張牌就可胡牌的狀態，進入聽牌的狀態時，打牌的內心會暗爽：「よし、テンパった」（讚，聽牌了），站在後面看的也會出現「あらら、テンパってるじゃん」（哎呀呀呀，這下聽牌了）的反應（但不可說出口，免得洩漏天機）。這時一切都已準備就緒，再來就是靜待胡牌的那一刻，在內心感到高度興奮期待的同時，全身也充滿緊張而出現口渴、臉部抽蓄的壓力症候群。

在現實社會裡，用到「テンパる」這個詞的場景，好像很多都是眼前被重要又討人厭的大事給逼著，得加緊做好準備，在時間即將截止之前又被主管大聲斥責了一頓，少了「再一下下就能看到最棒的結果」的期待感，徒留壓力症候群的情況。

ドヤ顔【どやがお】得意自滿的表情

「ドヤ顔」的「ドヤ」是意味著「どうだ？」、「どうですか？」、「いかがですか？」——如何？怎麼樣？——的關西腔說法。「ドヤ顔」就是擺出一副「按怎？」的表情，當完成困難的工作，或是在體育競賽裡擊敗任何一個人都覺得不可能敵得過的對手時，望向四周曾經冷眼看待自己的人，露出一副「現在知道本人的實力了吧，怎樣？」、「小看本人實力的各位，現在的心情又是如何啊？」的神情。

「ドヤ顔」好像是從大阪的搞笑藝人開始流傳的，在那之後只要職業拳擊手和藝人們稍微露出得意自滿的表情時就會立即被評為「ドヤ顔」，似乎是渲染過頭了，以至咱們一般人若疏忽大意的話也會被說成是「あ～あ、ドヤ顔しちゃってるよ」（哦哦～看起來很得意的樣子喲），成為同伴戲謔的對象。

ドン引き【どんびき】倒胃口

最適合讓對方倒胃口的狀況是……
在車站前抓兔子的行為哦

「ドン引き」指的是當清秀佳人說：「昨天喝太多的關係，在車站前噴泉（嘔吐）了」，或是一點也不秀氣的女生真的當場滿地抓兔子時，周圍男性們的反應。

「ドン引き」是在想遠離對方的精神反應裡（＝引く，有退去的意思），加上了關西腔的強調表現方式「ドン（ド）」而來。

パクリ【ぱくり】竊盜、詐騙、抄襲

「パクリ」是竊取物品或影射警察逮捕犯人之「パクる」的名詞形，指的是盜用他人作品或創意的行為，或是盜用之後所做出來的東西，例如：「なんだよ、この辞典。A・ビアスの『悪魔の辞典』のパクリじゃないか！」（拜託～這本辭典可不是抄襲 Ambrose Bierce 的《The Devil's Dictionary》的嘛！）。總之，「パクリ」是藝術家的基本技能，每個人都是從抄襲名作開始修業起的，漸漸地「パクリ」的技術變好之後，連自己本身也會忘了剽竊他人創意的事實，而得意地說這是俺的原創。若是只有這樣的話倒也還好，甚至還會制止初出茅廬的年輕人「不許抄襲俺的創意」。

パシリ【ぱしり】跑腿

「パシリ」是跑腿專家的意思，是由「使(つか)い走(ばし)り」音變成「使いっ走り」的說法簡略而來，為不良分子之間慣用的俗語。「パシリ」跟著大哥，為他跑腿辦事，其存在就跟大哥所養的信鴿一樣（至於大哥是否會養隻飛鴿來傳書就不在這次的討論範圍內了）。然而，「パシリ」跟信鴿不同的是，跑腿的雖然可以去便利商店幫忙買泡麵等（有時叫他買的是香煙，買回

來的還是泡麵），但面對敵對幫派可怕的首領等時，其代為傳達危險情事的能力還不如一隻信鴿。

パフォーマンス

【ぱふぉーまんす】表演、把戲。效能。

意為「表演」的「パフォーマンス」是英文「performance」的日式發音，是指做些什麼樣的行為，而其行為主要是為了吸引人的注意，在一連串的行動裡順利的話還可從圍觀的人那兒討些錢，再拿這些錢來度過比現狀至少還好一點的生活。但是對於不以「パフォーマンス」（表演）討生活的人來說，其行為若被稱作是「表演」的話，指的就像政治家實際上並沒有在做事卻還裝出為了施政全心投入的樣子，也就是在耍猴戲，很容易就被看穿。

此外，電腦等業界裡所說的「パフォーマンス」單純是指機器的性能、功能與運作狀況，例如：「この機種はパフォーマンスがいいね」，是說這個機種的效能不錯耶，而不是電腦做出搞笑的樣子引人發笑的意思，要特別注意。

ハマる

【はまる】合適、吻合。陷進、陷入。熱中。

「ハマる」是熱中於興趣或特定食物等導致身體動彈不得的意思。是從意味著剛好可以完全進入、塞進洞穴裡頭，或是陷入溝裡的「嵌る」和「填る」而來，表達了陷在大小剛好的洞穴裡無法脫身而出的狀態。「嵌る」和「填る」可能跟吃東西的「食む」同源，「食む」這個詞也許有著東西進入洞（嘴巴）裡的印象。

像這樣，「ハマる」正適合拿來形容，陷入洞穴之中卻又沒有不快的感覺，也無害，因而不會想掙扎地從洞穴裡脫身而出，反是樂在其中的情況。但如果是無法擺脫酒精和毒品的狀態，既痛苦又有害於人（放著不管的話搞不好還會死掉）的關係，就叫「溺れる」（沈溺）。

パワハラ【ぱわはら】權力騷擾

「パワハラ」是和製英文（日本自創的英文）power harassment的簡稱，意指倚仗權力對他人做出騷擾的行為。例如，在公司裡主管對身為下屬的我說：「能不能麻煩您在今天之內把這份文件影印成三份？」時，如果那時主管表現出來的是仗恃權力、傲慢無禮的態度，沒有考量到部屬當時的情況就來拜託工作，而工作內容也與已經打工歷時三年算是豐富經驗的我不相符合，設定完成的時間亦遠超過我的能力所及，還隱約透露出如果沒做好的話恐怕後續會有可怕的處罰等待著的氣氛時，「パワハラ」便成了我可以用來彈劾上司的重要利器。

在日本，前輩後輩（學長學弟）這一套體系本身就已經蘊含了「パワハラ」的結構，受到權力騷擾的後輩對下一期進來的後輩還以權力騷擾，形成了一代整一代依序下放的消解壓力體系。然而就像「セクハラ」（性騷擾）是反擊下流老頭的手段一樣，只要年輕涉世未深的新進人員大聲說出「我們也受到騷擾」的話，就有機會圍攻長久以來只會坐在那裡而別無所長的上司。

へコむ【へこむ】

凹下。（喻）認輸、屈服。沮喪。

「へコむ」的漢字寫成「凹む」，是指物體表面塌陷的狀態，近年也把心情沮喪視為是精神凹陷的狀態而以俗語「へコむ」來形容之。「落ち込む」一詞也能用來形容類似的精神狀態，但「落ち込む」的凹洞比「へコむ」還要深，或是陷入凹洞之中的狀態，心情沮喪的程度可說是比「へコむ」還要大、時間也更久。亦即，因為把事情搞砸而受到上司斥責時，雖然一時意志消沈，但過了一個小時候之後就給遺忘，再度犯下同樣錯誤的話，其沮喪的程度屬於「へコむ」，倘若在那之後再度遭到極為嚴厲的斥責，這下可無法重新振作而自暴自棄地借酒澆愁，那就屬「落ち込む」了。

ほっこり【ほっこり】溫暖

又來那副想讓人感到溫暖的樣子了
真是一點都不能疏忽大意的傢伙！

「ほっこり」是用來表達當看見或聽見和溫暖的東西、溫馨的場景有關的事物時，內心因而感到平靜舒適的感覺。尤其是最近在想藉由悠閒自在的鄉間風景、令人懷念的回憶、小孩可愛的舉動等什麼東西，簡單獲得內心溫暖的人之間，「ほっこり」一詞變得很活躍。在日文裡用來表現溫暖的有「ほっくり」（熱呼呼而鬆軟）、「ほくほく」（形容剛烤好的栗子、蕃薯等熱呼呼地而蓬鬆的樣子）、「ほかほか」（熱呼呼的）、「ぽかぽか」（和煦）、「ぬくぬく」（暖烘烘）等多種詞彙，其中「ほっこり」並不是那麼常用到的一個。但是沒有其他可用來表達當看見或聽見什麼之際內心由然感到溫暖的文詞，只好藉由陌生的「ほっこり」來表現之。

ムカつく【むかつく】噁心、反胃。生氣。

「ムカつく」是噁心或是胸口作嘔的意思，現代則主要在想以言辭表達「讓人氣到想吐、感到嫌惡」等情緒時派上用場。

近來溫順的日本年輕人們可能是很少生氣或是對對方感到嫌惡的關係，在這方面所知道的用詞極少，偶爾遇到那樣的情況時，只會用一句「ムカつく」來帶過，然後又好像沒發生過什麼事一樣地淡定漠然。

元カノ【もとかの】前女友

「元カノ」是「元彼女（もとかのじょ）」或是「元の彼女」（前女友）的俗語，也就是男性在過了很久後還是會想把曾經交往的事拿來說嘴但已各奔前程的女性。反之，「元カレ」（前男友）則是女性把過去交往的過程中所有發生的事給忘得一乾二淨的男性。

第9章 探索諺語、成語的真意

從以前流傳下來的日語成語、諺語裡，有讓人為之認同的人類心理描寫名句，也有像「渡る世間鬼はない」（人世間總有好人）和「男は閾を跨げば七人の敵あり」（男人在外討生活不容易）這種持相反意見的說法，或是像「虎穴に入らずんば虎子を得ず」（不入虎穴，焉得虎子）鼓勵人冒險的名句之外，亦不乏「蓼食う虫も好き好き」（人各有所好）、「破れ鍋に綴じ蓋」（任何人都有適合自己的另一半）這類多管閒事的諺語等，內容五花八門而難以用普通的方式歸納整理。

本章摘錄了可適用於不同場合的諺語、成語，探究其本質。

人手不足

只好跟貓借了手來用用

犬も歩けば棒に当たる【いぬもあるけばぼうにあたる】

多餘的行動容易招致禍害。瞎貓碰到死耗子。

這句諺語是說，狗如果乖乖趴著睡大覺就不會有什麼事，一旦出門散步的話有時也會被棒子打到。用來比喻人一旦起而做什麼事的時候反而會招來橫禍，必須謹慎小心才行。該諺語同時也是江戶地區用四十七個平假名所編成的習字歌「伊呂波歌」裡，在「い」行登場的唱讀牌，而習字歌的紙牌「歌留多」也有「いぬぼうかるた」的暱稱。然而上方（關西地區）的紙牌裡「い」行用的是「一寸先は闇」（前途莫測→即使是很近的未來也完全無法預測，應謹慎小心），比「狗走路也會被棒子打到」還更容易理解。

近來「犬も歩けば棒に当たる」有了另一層解釋是：「既然古人說狗走路也會被棒子打到，那就不要光想不做，總之趕快採取行動吧！」。這裡不把「棒に当たる」想成是災難，而是「只要行動，好運就會跟著來」，就像《新約聖經 馬太福音第七章》裡的「叩門，就給你們開門」（在日語裡引申為只要積極努力，必能達成目的）、《讀史管見》：「盡人事，聽天命」一樣，很多時候「狗走路也會被棒子打到」也被引作正面含義的諺語。但是再怎麼樣也很難把被棒子打到的這件事想成是幸運的事，「犬も歩けば棒に当たる」跟「口は災いの元」（禍從口出）一樣，是比喻多餘的行動和發言會招致禍害，應謹慎行事，也無形中透露出日本人「等待的態勢」。

一期一会

【いちごいちえ】一期一會

「一期一会」是一生（一期）一次的相會（一会），道出了把和那人的相遇想成是一生只那麼一次，而緊抓住不放，一定要讓那人當場訂車之汽車銷售員的心得。

「一期一会」本是表達日本茶道精神的用語，是在一生僅有一次的茶會裡相會的意思，教導人即使是見面次數多到要吐的成員，也要把那次的茶會視為是一生一次的相遇，盡全力款待對方。現在「一期一会」的精神已不限於茶道，也推廣到一般人與人的相遇以及服務業的待客之道。話是這麼說，對於再怎麼用心款待也不願貢獻一毛錢出來的對方，腦子裡可絲毫不會閃過「一期一会」的念頭。

有象無象

【うぞうむぞう】（佛）萬物。（喻）一群廢物。

「有象無象」是指一群毫無用處的人，譬如：「どいつもこいつも有象無象ばっかりだ」（全是些不三不四的傢伙）等。「有象無象」原是佛教用語，寫成「有相無相」，唸成「うそうむそう」。「有相」是指有形體的，可以目視之物體或現象，「無相」是無形體的，以現象做為表露的東西之本質。就邏輯思考而言，這世上的一切是由「有形」和有形以外「無形」的東西所構成，在佛教也以「有相無相」來指世上的森羅萬象。這個「有相無相」在後來轉變成指一大群人、無三小路用的烏合之眾，並寫成「有象無象」。這世上的萬物到後來被說成是沒有價值與用處，還真是耐人尋味的變化。

起きて半畳、寝て一畳

【おきてはんじょうねていちじょう】（呼籲人要）知足常樂

「起きて半畳、寝て一畳」的「畳」是一張榻榻米的大小。尺寸約長一百八十公分、寬九十公分，比單人床還小一些，但對於身高不高的日本人來說足以用

來躺平。這句諺語是說人站著的時候只要有半張、躺著的時候有一張榻榻米大小的空間就足夠了，教人不要過度奢望，應懂得知足常樂，而不是指那人實際住在那麼狹小的房子裡。反倒是住在如宮殿般豪宅裡的傢伙，如果用一種住在大房子裡還真不方便的鬱悶表情說：「人間（にんげん）は起きて半畳、寝て一畳あれば十分（じゅうぶん）ですよ」（人吶，只要站著的時候有個半張、睡的時候有一張榻榻米大小的空間就夠了）的話，可真是對貧困人家的超級諷刺。

驕る平家は久しからず

【おごるへいけはひさしからず】驕者必敗

「驕る平家は久しからず」是把《平家物語》開頭名句之一的「おごれる人も久しからず」改成一般的訓言，告戒世人仗著權勢和錢財而驕傲自大的，不可能久居其位。

對了，方才的典故裡寫的是「おごれる人も」，是驕者也好、不驕者也好，都將隨世間變化，延續了《平家物語》裡無常觀的表現。然而這句話變成「驕る平家は」的時候，意思隨之被改成「那麼得意忘形的話，當心早晚會吃到苦頭」。真不知道這是誰在什麼時候幹的好事，但這麼一改卻讓這句諺語變得完全貼近我們這群平常沒什麼機會站在驕者立場的庶民的感覺。

平安時代末期的權力鬥爭裡，就算平家不驕傲自大，謹慎運用政治權力，也不能保證其氏族就可長久坐享榮華，但至少是因為平家人驕傲的關係才得以讓被欺凌而燃起復仇之心的源氏有機可趁，打敗了不可一世的平家，獲得庶民的喝彩，而《平家物語》也成了流傳後世的不朽名作。

蛙の子は蛙

【かえるのこはかえる】有其父必有其子、烏鴉生不出鳳凰來。

這句諺語的意思是孩子會繼承父母的資質或生活方式，好比青蛙的幼體是蝌蚪，小的時候長得跟父母（成蛙）不一樣，令人期待孩子身上可能潛藏著什麼樣的資質，結果長大後還不是長得跟蛙爸蛙媽一樣。真要說的話，這句諺語應該要用在「令人感到失望」的情境，但近年沾父母的光出名的藝人，親子也常厚臉皮地下結論說：「蛙の子は蛙ですから」（因為有其父必有其子呀）等，感覺好像在說二代也是才華洋益一般。然而，站在本人的觀點，本來是想謙虛表達「我們的才能也不過就這樣，沒什麼了不起的」也說不定，如果是這樣的話，「蛙の子は蛙」的用法就沒錯了。

鴨が葱を背負って来る【かもがねぎをしょってくる】（喻）好事送上門來

「鴨が葱を背負って来る」又可簡稱「カモネギ」，是描述鴨子自己把鴨肉鍋少不了的蔥給背來讓人一起下鍋食用的超現實狀況，就像手氣差的傢伙把同樣帶賽的朋友給找到手氣好的傢伙那裡一起打麻將的情況。不用說也知道這個情況下手氣差的傢伙好比「鴨子」，被帶來的屎蛋朋友就是「蔥」，而等著品嘗美味鴨肉鍋的就是手氣好的傢伙，社會上各式各樣能套用這類角色扮演情境的，就可用「鴨が葱を背負って来る（カモネギ）」來比喻。

在觀光賭場或其他賭場裡老是輸得精光的客人被稱為「鴨子」，隱射這類客人像是被誘鴨吸引，容易補獲的鴨子。作者認為是先有了這樣的稱呼才有後來的「カモネギ」這種荒唐、超現實情境的產生。

捲土重来【けんどちょうらい】捲土重來

「捲土重来」是（軍隊）以揚起塵土（＝捲土）般的氣勢再度襲來的意思，是形容一度嘗到失敗者重振旗鼓的成語。其典故出於中國晚唐詩人杜牧的七言絕句《題烏江亭》：「勝敗兵家事不期，包羞忍恥是男兒。江東子弟多才俊，捲土重來未可知。」是懷想秦末（前二二一～前二〇七年左右）兵敗劉邦的項羽，拒絕渡江回江東再圖發展，奮戰到最後自刎於江邊的詠史詩，白話釋意為：「戰爭的勝敗就連專家也難以預料，隱忍一時失敗之辱逃回家鄉，招集江東俊秀，重整旗鼓，再度以人馬奔跑揚起塵土的氣勢反撲過來的話，未嘗無稱霸中原的機會。」總而言之是對不肯敗走江東的項羽表達「那時拋下自尊心捲土重來就好了，真是可惜了」的感嘆。

戰敗而歸的體育選手如果在發表感言時提到「雖然結果一敗塗地，但會重新振作精神，臥薪嘗膽，捲土重來」等內容時，雖然不是讓人很理解本人到底想說什麼，卻能強烈散發出一股要做什麼的勁力。

虎穴に入らずんば虎児を得ず

【こけつにいらずんばこじをえず】不入虎穴，焉得虎子

「虎穴に入らずんば虎児を得ず」是不進到老虎住的洞穴裡（不冒險的話），就沒辦法把虎子（比喻高價值的東西）弄到手的意思，是一句可用來慫恿他人加入高風險發財機會的諺語。在投機和賭博的世界裡確實存在著想要賺取高獲利就得投資高風險商品的「高風險，高報酬」原則，然而在一般社會裡，虎穴和虎子卻不一定存在著這樣的必然性，拜「不入虎穴，焉得虎子」的諺語所賜，還是有許多人重蹈覆轍，深入沒有虎子的虎穴。因此，作者建議應該在「虎穴に入らずんば虎子を得ず」之前加個前提是：「そこに虎児がいるなら」，如果那裡有虎崽子的話。

猿も木から落ちる

【さるもきからおちる】智者千慮，必有一失

「猿も木から落ちる」是很會爬樹的猴子有時也會從樹上掉下來，用來比喻擅長於某個領域的人偶爾也會嘗到失敗的意思。同類的諺語還有「弘法（こうぼう）にも筆（ふで）の誤り（あやま）」、「河童（かっぱ）の川流れ（かわなが）」等，其中以「弘法大師」和「猴子」兩句最常被拿來使用，但「弘法にも筆の誤り」是用在相對具備高水準能力或技術的人犯錯的時候，而對於讀者身邊不過比別人還行那麼一點就自以為了不起的傢伙犯錯時想嘲諷對方的話，建議用

「猴子」的說法。

順風満帆

【じゅんぷうまんぱん】一帆風順

「順風満帆」是帆船的帆迎風張起全帆，即船隻乘順風快速前進的樣子，用來比喻事物進展順利。

反之，遇到反對勢力或是頑強抵抗而無法前進的狀態時，則以「逆風」（逆風）、「逆風にさらされる」（逆風撐船）等來形容之。在吾輩的人生裡少有一帆風順的時候，更鮮少遭遇到逆境，每天過得就像風箏一樣。那也是必然的，因為吾人前進的步伐尚未足以引起他人反抗的程度。

好きこそものの上手なれ

【すきこそもののじょうずなれ】有了愛好再加努力才能做到精巧

「好きこそものの上手なれ」是說不論工作或興趣等任何事情只要喜歡就能上手。然而這句諺語是針對已經在那個領域裡表現傑出的人，以「曾經因為喜好而熱中投入」做為後來附加的理由，說明為什麼能成為達人。至於那些再怎麼熱愛工作或是熱中於興趣卻一點也不上手的人，則會被嘲諷為「下手の横好き」——不擅長卻又很愛。

知らぬが仏【しらぬがほとけ】眼不見心不煩

「知らぬが仏」是說如果知道有人在說自己閒話的話也會生氣，但什麼都不知道的時候就跟菩薩一樣笑容滿面，是用來暗地嘲笑像那樣悠哉悠哉的傢伙。

在這裡菩薩看似被派任不知道自己背後有人說閒話之「樂天老爹」的角色，但是在這句諺語裡，只是把那種感覺像「樂天老爹」的傢伙，一臉笑瞇瞇而悠哉的模樣比喻成跟菩薩一樣，而不是把菩薩拿來做失禮的比喻（哦哦，這樣也算很失禮了？）。

更何況菩薩本來就對這人世間無事不曉，洞察所有愛說長論短的人之間流傳的閒語。或許菩薩對凡俗的紛擾也常感到生氣，但菩薩是個能捺住不發作並對眾生施以慈悲的尊貴象徵，「知ってるけど仏」——視而不煩——才是菩薩本來的樣子。

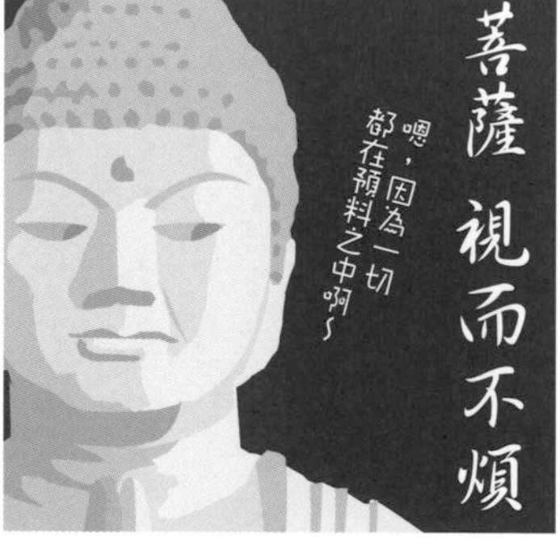

是是非非【ぜぜひひ】公正

「是是非非」是對的（是）就是對的，不對的（非）就是不對的，聽起來就跟一是一，二是二，有說跟沒說一樣，但其典故是出於中國的思想家荀子《修身》：「是是非非謂之知」※，教人「是就說是，不是就說不是，才是明智」。但就算搬出了這套典故，仍然讓人想要吐槽：「『是就說是』的說法不就跟『一就是一』一樣，感覺沒有很聰明啊～」，其實這句格言要表達的是，不要為立場或思想所束縛，對於對的事要以「是則是」的態度予以贊成，不對的事則以「非即非」的態度加以反對才是正確的做法。亦即在日本的政治、社會環境裡不可能達到的理想境界。

※是是非非：肯定對的，否定錯的。指能明辨是非對錯。荀子《修身》：「是是非非謂之知，非是是非謂之愚。」

大言壯語【たいげんそうご】說大話

「大言壯語」是大吹牛皮的話、超乎實力的大話等。譬如，出席國際會議的日本首腦認為反正自己的任期不長，一副把想說的全給掏出來似地對外公開宏大目標的舉動便是其例。又或是即將出發前往參加國際會議的大臣對全國民眾表示：「對於有損國民利益的提議絕不讓步」，但這是人還在國內才能講話大聲，等到了國外肯定變得安安靜靜就跟借來的貓※一樣，默然接受對方的要求、一語不回地就回國了，這種強硬的發言也是「大言壯語」的例子。

※借りてきた猫：借來的貓，指跟平常不一樣，顯得非常安靜的樣子。

蓼食う虫も好き好き【たでくうむしもすきずき】人各有所好

「蓼食う虫も好き好き」的「蓼」是拿來當生魚片配菜等紅褐色的植物「蓼（ㄌㄧㄠˇ）」，味辛辣，古時也拿來當作藥草。雖然少有人會因為喜歡蓼而單取食這種植物，卻有愛吃蓼而專門吃它的蟲，從這裡衍生出「蓼食う虫も好き好き」這句諺語，意指人各有所好，也有人的交往對象或興趣在他人看來是不由得「嗯？」地愣一下的。因此，如果你的交往對象被傳聞是「蓼食う虫も好き好き」的時候，就表示那個對象很可能是「讓人為之一驚」的類型，有必要試著冷靜思考一下。但是話說回來，你本人也被比喻成「蟲」，就想成是「破れ鍋に綴じ蓋」，請參考p185）」破鍋配破蓋，堅持自己的路線也行。

単刀直入

【たんとうちょくにゅう】直截了當、乾脆

「単刀直入」是持一把刀單獨殺入敵方陣營的意思，而非表示拿短刀直接刺入的殺人方式。這句成語是不多廢言直接進入主題、正中問題核心的意思，就像討債的發現逃亡中的債務人時會省去「好久不見，近來可好」的問候，直截了當地叫對方「還錢」一樣。

請直截了當地提問，
政府將以含糊不清的曖昧說法作答。
很棒的回答吧

付け焼き刃は剥げやすい

【つけやきばははげやすい】裝模作樣只能蒙混一時

「付け焼き刃は剥げやすい」的「付け焼き刃」是在刀刃損傷而切不動的日本刀上安裝淬過火的刀刃之緊急應變措施，看起來好像已經修好了，實際上幾乎切不動，容易掉落。因此「付け焼き刃は剥げやすい」是指為擺脫當下的困境而無法根本解決問題的權宜措施，或是僅抱了一個晚上的佛腳而不真把知識裝進腦袋的學習等，用來比喻敷衍了事的對應方式很容易就出包。然而，這世上還是有很多像是——就算沒有重點也能透過當下的談話應付過去的商務談判或顧客抱怨處理；以及只要前晚臨陣磨槍就能應付過去的考試（就算只記得一天，隔天就忘光也無所謂）等適用「付け焼き刃は剥げやすい」的情況，想必該諺語的作者是多麼地羨慕可以用這種調性在江湖間來去自如的人。

敵に塩を送る【てきにしおをおくる】

雪中送炭

這句諺語是出自戰國時代裡，武田信玄的領地因鹽的補給路線被切斷，陷入情況窘迫的時候，敵對關係的上杉謙信送鹽給敵軍之令人感泣的故事。「敵に塩を送る」是在拚得你死我活的競爭激烈社會裡發揮所謂的運動精神，跟後續預料發展成恩將仇報——恩を仇で返す——的結果是絕配。

出る杭は打たれる【でるくいはうたれる】

樹大招風、棒打出頭鳥

「出る杭は打たれる」是在成排的釘子裡對只那麼一根高出頭的釘子捶打，使與其他釘子的高度對齊的意思，用來比喻在組織或團體裡才能出眾或是想要發揮領導力的人物（高出頭的釘子），會成為其他無能的傢伙（未冒出頭的釘子）嫉妒的對象而遭受阻礙或迫害。

「出る杭は打たれる」道出了明顯追求平等主義之日本社會的特徵，但那根釘子是因為「冒頭」的程度不上不下才會遭人捶打，如果冒得過頭了也就沒有人會動它，於是有人就這層意思把這句諺語說成：「出すぎた杭は打たれない」（冒過頭的釘子就不會遭捶打）。雖然冒過頭的釘子的確不會遭到壓迫，但還是有可能被那些未冒出頭的釘子們使出詭計扯後腿，萬不可掉以輕心。

伝家の宝刀【でんかのほうとう】

家傳寶刀。（喻）絕招。

「伝家の宝刀」是代代家傳的寶刀，從一般擺著不用，等盜賊侵入的緊急時刻才會拔出使用的情況，比喻成非到緊急關頭不會使出的強力武器。例如：「紛糾する国会に業を煮やした首相が、解散権という伝家の宝刀を抜くかどうかが見ものだ」（對國會紛亂感到不耐煩的首相，是否會祭出解散權這個傳家寶刀將是看頭）等。

讀者也能有效利用這句話，譬如：「跟老婆吵架的時候，我都是一再忍氣吞聲，直到忍無可忍的時候才會拔出傳家寶刀（伝家の宝刀を抜くのだ）——『オレが悪（わる）かった』（都是我的錯）』……」。

東奔西走

【とうほんせいそう】到處奔走、東奔西走

「東奔西走」是指為了達成目的或處理事情而四處奔走。「奔」和「走」都是奔跑的意思。

「東奔西走」適合用在已經達到某種程度的目的之時，如果是出於主管不合常理的命令或是突如其來的意外事故而狼狽奔走，導致沒個好結果的情況下則稱為「右往左往（うおうさおう）」（四處亂竄）。比對兩者，「東奔西走」有著「東」和「西」的明確方向與目的意識，佐以「奔」和「走」來表達出速度感，而「右往左往」則是在當場「左」「右」來回奔波像隻無頭蒼蠅的樣子。

十で神童十五で才子二十過ぎればただの人

【とおでしんどうじゅうごでさいしはたちすぎればただのひと】小時了了，大未必佳

這句話是說十歲時可稱呼為神童的資優兒童，到了十五歲時成了頭腦比一般人稍微靈光的才子，一旦過了二十歲就成了凡人。道出了小學時是班上成績最好，被大人縱容嬌慣的人物長大後常見的結果。

年紀輕輕便一展長才的人在進入大人的社會之後，可能被社會上無聊的常識和嫉妒心等摧毀，為防範這類令人遺憾的結果發生，又衍生出「能（のう）ある鷹（たか）は爪（つめ）を隠（かく）す」的格言，警告有才能的人不要過於出風頭，要「真人不露相」，但是神童如果不展露才能又如何獲得他人的認同？果然「過了二十歲成凡人」的常態還是不會有所改變。

長い物には巻かれろ【ながいものにはまかれろ】人在屋簷下不得不低頭

「長い物には巻かれろ」是就維持被「長い物」——長長的東西，也就是像巨蛇一樣的權力者——所纏繞的狀態，亦即不要反抗，順其自然才是上策的意思。

然而，光是被巨蛇纏身而悶不吭聲的話，只會落得被絞殺或被吞食的下場，因此這句諺語裡的「長い物」不單是凶暴與邪惡的象徵，而是像父母一樣以保護自己的存在為前提，道出了為強大的權力者犧牲生命、竭盡忠貞以換來保護之安於現狀的人生格言。

為せば成る【なせばなる】有志者事竟成

「為せば成る」是有志者事竟成的意思，摘錄自江戶時代米澤藩（現在的山形縣東南部置賜地方）的名主上杉鷹山傳達給下一任藩主的短歌：「為せば成る 為さねば成らぬ何事も 成らぬは人の為さぬなりけり」（有志者事竟成，成不了事是因為沒有用心做的關係）。鷹山的名言被認為是小幅抄襲改寫自戰國時代名武將武田信玄所詠的短歌：「為せば成る 為さねば成らぬ 成る業を 成らぬと捨つる人のはかなき」（明明只要努力就能成事，卻辯稱不行而放棄的傢伙是愚者）。看到信玄在詩中以一絲冷漠和棄而不顧的態度表達了對不努力的傢伙感到失望之情，和鷹山鼓勵家臣到最後的姿態相較之下，不禁令人感受到生存在內戰時代與和平時代的差異。

「有志者事竟成」是日本的領導者經常掛在嘴邊的話，站在部屬的角度來看應該會想反問主管：「能不能再更具體地指出究竟該怎麼做啊？」

此外，「為せば成る」也是我們這群整天巴望著天上掉下元寶——棚から牡丹餅——或是想一本萬利地用小蝦米引鯛魚上鈎——海老で鯛を釣る——心存僥倖的庶民裡不怎麼有人氣的成語。

二兎を追う者は一兎をも得ず

【にとをおうものはいっとをもえず】

追二兔者不得一兔，喻兩頭落空

「二兎を追う者は一兎をも得ず」是同時追捕兩隻兔子的人結果連一隻也沒抓到的意思，訓誡世人：「因為貪心而同時做許多事的話，反而會落得一事無成」。類似的諺語還有「虻蜂取らず（あぶはちとらず）」。

雖然古人已經告戒世人「二兎を追う者は一兎をも得ず」，但仍有懂得掌握要領，能多角化運作並獲得全面成功的傢伙，一旦這種人出現的時候，遵守古訓而不懂得找竅門的傢伙只能懊悔不已地用「一石二鳥（いっせきにちょう）」來稱說「能用一顆石頭同時打下兩隻鳥，不過是好運罷了」，藉由這種貧嘴薄舌的態度來安慰連只追一兔也不得　兔的自己。

盗人に追い銭

【ぬすびとにおいせん】

賠了夫人又折兵

「追い銭」是付了一次之後又多付，即所謂的「追收金額」。「盗人に追い銭」是盜賊把家裡的財產大致搜刮一空之後問道：「還有什麼忘了沒拿出來的嗎？」的時候，好好先生回說：「對了，之前把金子藏在天花板裡了。」結果以額外的錢財支遣對方離去，成了賠了夫人又折兵的情況。

「盗人に追い銭」也可用在抱怨的情形，譬如當大企業瀕臨破產危機時，政府若是出手救濟的話，像我們這種貧困的人家就會憤恨不平：「これじゃ、盗人に追い銭じゃないか」（這豈不是賠了夫人又折兵嘛）。

猫に小判

【ねこにこばん】

對牛彈琴

「猫に小判」的「小判」是古時候的金幣。「猫に小判」是把金幣送給貓的意思，但是貓就算拿到金幣也無法理解其價值而形成浪費，亦即表達把高貴的東西送給不識貨的人也是一種浪費，不要幹這種事的諺語。是「豚（ぶた）に真珠（しんじゅ）」（投珠與豬）、「馬（うま）の耳（みみ）に念（ねん）

喂～喂～
叫人家來招財，
竟然還這麼說……

仏」（當作耳邊風）等多數形容「因為太浪費，所以免了吧」的系列說法之一。

在「猫に小判」裡，貓是以不懂價值的笨蛋角色登場，但牠們又同時以招集錢財的「招財貓」身分為人類貢獻己力，叫喵仔能招財就盡量招財，又把人家稱作是笨蛋，也未免太任性了喵～。

早起きは三文の徳【はやおきはさんもんのとく】早起好處多

「早起きは三文の徳」是說早起的鳥兒有蟲吃，意在勸人早起。「文」是古時候的貨幣單位，就像「二束三文」指的是量多而不值錢（一文不值）一樣，「三文の徳」是微乎其微的利益，而這也是該諺語的重點，點出了「早起的話搞不好有機會賺到三文錢」的現實面，究竟是要把它想成「早起只為三文錢可划不來」而放棄早起，還是想說「每天早起賺三文錢，一年累積下來可以存不少耶」而力行早起，全憑聽者自行取捨，指出了「能否有所成就，仍是努力在個人」的人生本質。

豚もおだてりゃ木に登る【ぶたもおだてりゃきにのぼる】豬受到慫恿也會爬樹，指經不起吹捧

「豚もおだてりゃ木に登る」是說即使是笨重的豬也能把牠吹捧得氣勢大作而奮起爬樹，比喻人也能透過大肆稱讚，使其心花怒放而發揮才能，帶來意想不到的成果，道出了懂得用人之道者的心得。反過來好像也就是在說，大部分的人如果不用大肆稱讚的方式來討其歡心，促其振作氣勢的話，就跟一般的豬沒兩樣。

都說不行
就是不行了噗

粉骨砕身【ふんこつさいしん】粉身碎骨

「粉骨砕身」是把骨頭磨成粉，把身體做成絞肉的意思，這不是做漢堡肉的食譜，而是要說為他人盡心盡力、努力工作到自己的骨頭被磨成粉、肉體被弄碎（摧折毀壞）為止。同樣是為他人盡力的還有「骨を折る」一詞，如果光是「折斷骨頭」還不夠的話，那就是「粉骨砕身」了，但「骨を折る」的旨趣在於熱心照顧身邊的人，相較之下，「粉骨砕身」則散發出一股悲壯的情懷，用在「国家のために粉骨砕身努力する」（為國家鞠躬盡瘁）、「社会のために粉骨砕身働く」（為社會竭盡全力工作）等，而其所為之努力的對象通常也是讓人必得竭盡所能，否則可能會真的被做成肉醬的權力者居多。

「粉骨砕身」這種誇張的用詞可能是來自中國，在中文也有類似的說法叫「粉身碎骨」，「身」和「骨」的位置正好與日文相反。不管把哪個磨成粉、剁成醬，意思都差不多，日本和中國也許只是看哪個唸起來順口而各自流傳哪種說法而已。

下手の考え休むに似たり【へたのかんがえやすむににたり】笨人想不出好主意來（再想也是浪費時間）

「下手の考え休むに似たり」是指圍棋、象棋等對奕的時候，實力差的人不管花多長的時間思考也無法打出有效的下一步棋，再想也是浪費時間，跟在一旁休息、睡覺沒兩樣的意思，是實力稍微在上的人用以嘲諷對方「反正都會輸，再想也沒用，趕快走下一步唄」時的說法。該諺語也適用在一般社會裡，藉以批評光思考而不採取行動的傢伙，唯下棋的時候如果不走下一步棋就算輸了，而一般社會裡似乎也有很多是愚蠢的傢伙們最好什麼都不要動，事物才能順利運行的情況。

仏作って魂入れず【ほとけつくってたましいいれず】功虧一簣、美中不足

「仏作って魂入れず」意指已經做好的佛像裡因為沒有灌注靈力於其中而成了膚淺的作品，用來比喻辛苦完成的工作因為少了重要之處而有損成果。例如：「君の企画はよくできていると思うが、肝心のビジョンが見えてこない。仏作って魂入れずだな」（你的企畫做的很好，但缺少了重要的展望，就跟做好的佛像少了靈魂一樣——美中不足）等。「仏作って魂入れず」這個諺語並不適用於禁止崇拜偶象的伊斯蘭教圈，但應該也沒有人會特意到伊斯蘭教圈裡介紹跟菩薩有關的諺語吧。

倒是，在佛像裡灌注靈魂的這件事是個難以解釋的作業程序，總之應該就是要做成一尊帶有看起來彷彿要對人微笑而逼真的佛像，但是江戶時代雲遊四海的佛像雕刻師圓空所雕刻的佛像，雖然難以將之評為高作，其中卻不乏散發出一種莫名尊貴與迫力的作品。

無論如何，能確定的是，帶有靈魂的佛像並非快速做好之後就能在最後砰的一聲把靈魂灌注其中的簡單作業，必須從一開始到最後都要抱著「魂を入れるぞ」，要把靈魂注入其中的熱情才行。因此，被上司指說「仏作って魂入れずだな」的你，不應該簡單想成是「做得很好但有點可惜」，而是要嚴謹看待上司的真意：（你）一開始就沒心要做吧。

昔取った杵柄【むかしとったきねづか】老本事、以前學得的本領

「昔取った杵柄」的「杵柄」是用來搗年糕的杵的握柄部分，「昔取った杵柄」的意思是那人以前握在手上搗年糕的杵柄，比喻人年輕的時候學得的技能。總之老人家在上了年紀之後想重操舊業（從事年輕時經歷過的工作）時，可用「昔取った杵柄でもうひと頑張りしてみます」來表達「用老本事再努力一次看看」。而年長者努力的作為看在周圍的人眼裡，若感覺老人家勉強行事好像會失敗的時候不免嘲笑那是老

了還不認分——「年寄りの冷や水」，若真的失敗了就揶揄那人是老了不中用——「あの人も焼きが回ったな」，倘使意外地出現順利發展的跡象，又會說一些不負責任的讚美，如：薑是老的辣——「亀の甲より年の劫」等。

有名無実【ゆうめいむじつ】有名無實

「有名無実」這句成語可不是形容名人因持有毒品被逮捕而大喊「オレは無実だ」（俺是無辜的）的模樣，而是「虛有其名而無實際內容」的意思，也就是在名目、理念和格局上都很出色，卻無實際的價值，派不上用場的東西。例如某個具權威性的獎項被發現其實是依照給主辦單位或評審委員等的賄賂金額來決定時，就可以用「この賞も有名無実に成り下がった」（這個獎也淪為有名無實的地步）來形容之。這麼說來，文中開頭提到的名人，也在被逮捕的那一刻淪為有名無實的下場，如果把他主張個人沒有犯罪的「オレは無実だ」解釋成是大喊「オレは無価値だ」（俺沒有價值＝俺是個沒用的傢伙）的話，也能讓人對其說詞產生微妙的認同感。

ローマは一日にして成らず【ローマはいちにちにしてならず】羅馬不是一天造成的

「ローマは一日にして成らず」是說古代羅馬帝國的繁榮非一朝一夕形成的，用來比喻大事業若不經長期的努力是無法完成的。然而，實際拿這句話來做比喻的，跟偉大的羅馬帝國等比起來都是自不量力、小不拉雞的不正經事業。亦即從客戶或資助者的角度看來，很多是搞不好「一天就能搞定」的輕鬆事業，卻因參與其中的不是無能到不可救藥，就是有才能卻無法戒除惰性之天生懶散的傢伙而導致行程一再延宕的工作。

渡る世間に鬼はない【わたるせけんにおにはない】人世間總有好人

這句諺語的意思是，在我們生存的社會裡沒有像魔鬼一樣冷酷無情的人，用以勸告人不要悲觀，這世上不全是壞人，一定也會有願意伸出援手的人。對此後就要出社會的年輕人說教的時候，可以準備「渡る世間に鬼はない」跟「男は閾を跨げば七人の敵あり」兩套成對的說法，如果對方是悲觀主義者就贈言：「人世間總有好人」，若對方為樂觀主義者就搬出「男は閾を跨げば七人の敵あり」（男人在社會上到處是敵人），在外討生活不容易這一套，來展現前輩的關懷與威嚴。

破れ鍋に綴じ蓋【われなべにとじぶた】任何人都有適合自己的另一半

「破れ鍋に綴じ蓋」的意思是破掉的鍋子也有可與之相配的破蓋，即破掉又修好了的蓋子（綴じ蓋），比喻任何人都有適合自己的另一半。舉例來說，可用「あの二人こそ、破れ鍋に綴じ蓋だな」來形容經常吵架又已經在一起很久的夫婦正是破鍋配破蓋——歡喜冤家。然而這對在外人眼裡看似破鍋配破蓋，速配不已的夫婦之間，存在著棘手的問題是，正因為把對方想成是破鍋或破蓋而絕不承認自己表現出來的也是破鍋、破蓋的行為。

五十音索引

五十音索引

五十音索引

讀空氣、探表裏，笑談日本語

解讀曖昧日語隱藏真意及文化脈絡的超強辭典

笑える日本語辞典 辞書ではわからないニッポン

國家圖書館出版品預行編目(CIP)資料

讀空氣、探表裏，笑談日本語：解讀曖昧日語隱藏真意及文化脈絡的超強辭典 / KAGAMI & Co. 著 ; 陳芬芳譯 . -- 初版 . -- 臺北市：麥浩斯出版：家庭傳媒城邦分公司發行 , 2017.11
面； 公分
譯自：笑える日本語辞典：辞書ではわからないニッポン
ISBN 978-986-408-316-9(平裝)

1. 日語 2. 慣用語

803.135 106015620

作者 KAGAMI & Co.
譯者 陳芬芳
審訂 王可樂
責任編輯 張芝瑜
封面設計 廖韡
內頁排版 郭家振
行銷企劃 蔡函潔

發行人 何飛鵬
事業群總經理 李淑霞
副社長 林佳育
主編 張素雯
出版 城邦文化事業股份有限公司 麥浩斯出版
E-mail cs@myhomelife.com.tw
地址 104 台北市中山區民生東路二段 141 號 6 樓
電話 02-2500-7578
發行 英屬蓋曼群島商家庭傳媒股份有限公司城邦分公司
地址 104 台北市中山區民生東路二段 141 號 6 樓
讀者服務專線 0800-020-299（09:30 ～ 12:00; 13:30 ～ 17:00）
讀者服務傳真 02-2517-0999
讀者服務信箱 Email: csc@cite.com.tw
劃撥帳號 1983-3516
劃撥戶名 英屬蓋曼群島商家庭傳媒股份有限公司城邦分公司
香港發行 城邦（香港）出版集團有限公司
地址 香港灣仔駱克道 193 號東超商業中心 1 樓
電話 852-2508-6231
傳真 852-2578-9337
馬新發行 城邦（馬新）出版集團 Cite（M）Sdn. Bhd.
地址 41, Jalan Radin Anum, Bandar Baru Sri Petaling, 57000 Kuala Lumpur, Malaysia.
電話 603-90578822
傳真 603-90576622

總經銷 聯合發行股份有限公司
電話 02-29178022
傳真 02-29156275

製版印刷 凱林彩印股份有限公司
定價 新台幣 360 元／港幣 120 元
ISBN 978-986-408-316-9
2017 年 11 月初版 1 刷・Printed In Taiwan
2020 年 09 月初版 5 刷